Sudermann, Herma

Heimat, Schauspiel in vier Akten

Sudermann, Hermann; Schmidt, F. G. G.

Heimat, Schauspiel in vier Akten

Inktank publishing, 2018

www.inktank-publishing.com

ISBN/EAN: 9783750110601

Heath's Modern Language Series

Heimat

Schauspiel in vier Akten

von

Hermann Sudermann

EDITED WITH AN INTRODUCTION AND NOTES

BY

F. G. G. SCHMIDT, Ph. D.

PROFESSOR OF THE GERMAN LANGUAGE AND LITERATURE, STATE UNIVERSITY OF OREGON

D. C. HEATH & CO., PUBLISHERS

BOSTON   NEW YORK   CHICAGO

INTRODUCTION

Hermann Sudermann was born at Matziken, a small village in East Prussia near the Russian frontier, on September 30, 1857. His parents were poor, and at the age of fourteen, he was apprenticed to a chemist. Yet, in spite of the narrow circumstances of his youth, he gained a *Gymnasium* and University education. He attended the *Realschule* at Elbing and then the *Realgymnasium* at Tilsit. At the age of eighteen he entered the University of Königsberg, where he became interested in the study of history, philology, and literature. In 1877 he continued his studies at the University of Berlin. For some time he was tutor in the family of the well-known novelist and story-writer, Hans Hopfen. In 1881 he turned to journalism, and became editor of a small weekly (*Deutsches Reichsblatt*), on which he did most of the work, among other things writing short stories for its pages. He severed connection with this paper, however, because his views were too radical, and decided to live by literature, which, in course of time, he was able to do with comfort. Being in a position to have a home of his own, in 1891 he married Klara Lauckner, who was likewise engaged in literary work in Berlin. The capital of Germany has been his residence since 1877, with the exception of 1894, which year he spent in Dresden. His summers are usually spent at Blankensee near Trebbin. As a champion of unhampered individualism and liberty, Sudermann has repeatedly protested against the improprieties of the *Zensur* and the curtailment of the artist's freedom, which led in 1900 to the foundation of the *Goethebund*, now an association of over 10,000 members.

His first collection of short stories, originally written for the newspapers, was published in 1887, under the title *Im Zwie-licht*. They possess the wit and sprightliness of French stories. Occasionally, they are even frivolous, although not without a melancholy touch. They cannot be considered as especially characteristic of Sudermann, but the author shows himself considerably influenced by Maupassant and other French writers. His first work of real significance, the novel *Frau Sorge*, appearing in the same year, revealed him as a writer of exceptional force and skill. Upon its publication, Sudermann stepped at once into the front rank of German novelists. It is the most widely read of his novels. Within a decade it has passed through nearly fifty editions, and is still increasing in popularity. Under the collective title of *Geschwister* two powerful stories, *Die stille Mühle* and *Der Wunsch*, appeared in 1888. Both stories are extremely fascinating, intense and tragic. Two other short stories that did not appear in book form, *Das Sterbe-lied* and *Die indische Lilie*, are hardly worth mentioning. One year afterward (1889) came *Der Katzensteg* (in the English translation *Regina*), which has been called by some critics the most powerful and most successful of Sudermann's novels. It is a declaration of naturalism. Great epic skill and dramatic intensity are the chief merits of the book. It is a novel with a purpose. *Iolanthe's Hochzeit*, published in 1892, is a story full of the most delightful and merry-making humor, entirely different from the author's other works. It is likewise widely read. *Es war* came out in 1894, and made a genuine sensation, running through fifteen editions in twelve months. It is undoubtedly the most dramatic, but hardly his greatest or his best novel. It deals with social problems, with the struggles of impulsive human nature at war with social conditions. The book has been called "a protest against the fruitlessness of brooding repentance." The end of the story is far from satisfactory to our ethical conceptions. *Das hohe Lied* (1908) is Sudermann's most recent novel and in Germany, at present, one of the most widely read books. From the standpoint of technique this work may be called one of Sudermann's masterpieces. From an ethical point of view it is an indiscreet work. Like his earlier stories, it suggests a moral lesson, but he conveys it, as a critic has said (see *The Nation*, Jan. 7, 1909), "by picturing depravity with an abundance of minute and repulsive detail, as needless for artistic effect as for an ethical purpose."

While Sudermann has taken his place among the foremost German novelists, it must be said that his greatest success has been achieved through his plays. As dramatist he is now one of the chief literary figures in the eyes of Europe, and he has won international fame. Most of his novels and some of his dramas have been translated into several languages. His popularity is undoubtedly due to the fact, that in each of his works living questions are sharply defined. He has the power of putting them in concise and concrete dramatic form. "His bold and positive utterances have awakened a ringing echo, because they have imperatively called the attention of the world to social and intellectual undercurrents of extraordinary persistency and unknown power."

With the publication in 1890 of his first play, *Die Ehre*, undoubtedly an epoch-making production, Sudermann became one of the leading dramatists of today. It is directed, like his other plays, against the artificial barriers of society. "It opposes the common sentiment that honor is a supreme ideal possession in which all men can share." *Sodom's Ende*, published a year later (1891), is a painful and harrowing production, realistic, but not true to life, and hardly greater in dramatic power and technique than *Die Ehre*. The censor of plays insisted upon alterations before it could be represented at the theatres in Berlin. Sudermann's next drama, *Heimat*, was published in 1893. His comedy, *Die Schmetterlingsschlacht* (1895) is full of keen observation, but not on a par with the author's standard; a comedy only in name and without lasting value. His next three-act play,

Das Glück im Winkel (1896) is certainly an improvement upon the unsuccessful play just mentioned. It marks a step forward in the ethics of the author. Some critics have called it his most poetic drama. The theme one can well call " the spirit of resignation." The three one-act plays under the collective title *Morituri* (1896) consider the imminent prospect of death, each under a changed aspect. The subjects are: *Teja; Fritzchen; Das Ewig-Männliche.* In each the chief character is freed and ennobled by death, and rises above himself in the prospect of the death he goes to meet. In 1898, Sudermann published two plays, *Johannes* (John the Baptist) and *Die drei Reiherfedern.* The tragedy *Johannes*, is based upon the biblical incident of John the Baptist, Herodias, and Salome. (For a detailed account, see my edition of *Johannes* — D. C. Heath & Co.). The latter play occupies a unique position among the literary productions of Sudermann. It is a fairy drama, full of subtle imagination and with a tinge of symbolism. Two years later (1900) appeared *Johannisfeuer*, which is said "to suffer from the fact that the author has this time yielded too freely to his strong liking for melodramatic effects." The characters are real, true to life, and not creatures of the author's imagination. The scene is laid in East Prussia. It is a notable fact that in some of his most successful works there is an association of greater or less closeness with his old home. With his drama *Es lebe das Leben* (The Joy of Living) 1902, "Sudermann takes us into German high life." Nearly all the characters in this play are conventionalized, depicting the struggle between soul affinity and marital obligations. The play has met with success on the English as well as on the German stage. His most unsuccessful play in every respect, the comedy *Der Sturmgeselle Sokrates*, appeared one year later (1903). Sudermann's more recent plays, *Das Blumenboot* (1905) and *Stein unter Steinen* (1905), are likewise not his most successful ventures. *Rosen* (*Vier Einakter*), appearing in 07, is a series of one-act plays, grouped around the rose, which figures in each story with a different symbolism of passion. The plays are: (1) *Die Lichtbänder;* (2) *Margot;* (3) *Der letzte Besuch;* (4) *Die ferne Prinzessin.* Self assertion of the individual, at any cost, is the keynote of all of them.

Heimat, Sudermann's third drama, written in 1893, is undoubtedly his most successful play. It has passed through nearly fifty editions and, although produced at the beginning of his career as a dramatist, it seems to outshine his other works. As regards contents and form, it is perhaps his most mature drama. Kuno Francke (*Social Forces in German Litterature*) speaks of it as being "one of those literary thunder-clouds which are charged with the social and intellectual electricity of a whole age." Others have called it "a gospel of self-respect." The play has been translated into Italian and English. It has been made famous by Sarah Bernhardt in France, and by Duse in Great Britain and America, where it bears the title of its principal rôle, *Magda.* The problem is the same as that in *Die Ehre.* Here, as there, we see the contrast of two conflicting worlds, and the earnest striving toward the full development of the individual. The plot begins with the strained relations between an old-fashioned father and his daughter, who has had a taste of modern life. The story is briefly as follows: In the principal city of a province (probably Königsberg) lives the old retired Lieutenant-Colonel Schwartze, whose family is the subject and scene of action in the drama. A gruff and autocratic soldier, Colonel Schwartze brings up his family after the fashion of a petty sovereign, endeavoring to instill by rigid discipline a thorough respect for his military notions of pride and honor. His first wife leaves him two daughters, Magda and Marie. When he marries for a second wife a woman of rank, whose highest ambition is to be a leader in society, we are given to understand that the relations between the daughters and stepmother have become rather strained. This is especially true of the older daughter, Magda, who, endowed like her father, with a firm will, bears the germ of fatal conflict in her soul. And when she refuses to marry young Pastor Heffterdingk, the relations between father and daughter become unbearable. As she cannot develop her own self in the sphere of autocratic encroachments, she leaves her parents' home and goes to Berlin, at first as a companion to an elderly lady. After some time she decides to go upon the stage, and when the letter conveying the news of this step reaches the old colonel, he is so incensed that he disowns her and leaves her to her own fate. The paralytic stroke that he suffers following the excitement of the shocking news, compels him to retire from active service in the army. This discharge, together with his grief concerning his daughter, weighs heavily upon his mind, and he is saved from a complete mental collapse only by the noble efforts of pastor Heffterdingk, who succeeds in interesting him in works of charity. Magda, in the meantime, in struggling to open a career for herself in Berlin, succumbs to the blandishments of Keller, a young barrister of her native city, who, however, abandons her. After years of waywardness and distress she becomes a famous singer. A musical festival brings her, by chance, to her native town. Filial instinct leads her to the house of her father. But the old pensioned officer, with his antiquated notions of honor and narrow class prejudice, demands submission and contrition after hearing about her past. Such concessions as she can, she makes. She is willing to marry Keller, a close political friend of her father, yet a hypocritical defender of church and government and an upstart in society. She is willing even to sacrifice home and relinquish her brilliant career, all for the sake of her father; but when the suppression of her child is demanded by Keller, her individuality bursts all bonds. Her child she cannot sacrifice to such despotism. Her maternal instincts, her self-respect she can not and will not stifle. When the desperate father raises the pistol against his daughter, because of his outraged sense of honor and morality, a fatal stroke of apoplexy stays his hand.

Magda is left condemned by all. She stands alone in conscious rectitude and severs her heart forever from former affections.

To relieve this intense tragedy there are incidentally admirable scenes of humor and irony, in which this petty-aristocracy is allowed to reveal its silly rivalries and base ambitions. But what makes this drama of such significant and abiding value is that we have here not merely a domestic tragedy of the order of Ibsen's "The Doll's House " (*Nora*), not merely a severing of intolerable family ties and a protest against autocratic encroachments, but, beside and above all this, a supreme interest in the problems of inner experience, a supreme faith in the inviolability and sacredness of the individual soul. The resemblance of the heroine, Magda, to Ibsen's Nora in the Doll's House, is rather striking and can hardly be called accidental. To Helmers: " You are before all else a wife and mother," Nora replies: " I am before all else a human being, — or, at all events, I shall endeavor to become one." And in another place: "I must try to find out which is right, society or myself." This same spirit, " the sacredness of personal obligations and the recognition of the supreme duty of faithfulness to one's higher self," is strongly expressed in *Heimat*, when Sudermann makes Magda say: " I will not, I cannot, for I am I, and I must not lose myself."

That Sudermann has always been more or less susceptible to outside literary influences is a matter upon which all critics agree. He has followed the poet of the north in *Heimat* and other plays ; he has studied the Russian authors, Tolstoi and Turgeneff, and has been an observant student of the French writers, Zola, Dumas, Daudet, Maupassant, Sardou and others. Even the influence of Nietzsche's radical philosophy is at times apparent in his works. Of course, it cannot always be determined where he borrowed and where he followed his own ideas, and in this respect he does not differ much from the other writers of the modern school of Germany, the leading note of which is revolt against existing social conditions. They all seem to be roused to emulation in the treatment of the same subject matter. All of Sudermann's dramas are full of this individualistic striving. This new literary movement, styled by some critics "Modern storm and stress," largely the result of foreign influence, certainly found in Sudermann its most zealous advocate and leader. As such, he has influenced his contemporaries to a remarkable degree, and shown great boldness, apparently caring more for results than for any theories of art. As a writer, whose ideas are of vital importance and real interest, he has done German literature a service that cannot be ignored. We may accuse him of leaning toward sensationalism, we may speak of his works as being deficient in enduring qualities, we may consider the theatrical elements in his productions too numerous, and assert that his dramas, as well as his novels, do not show development in genuine artistic power and high literary quality so much as in technique, but we cannot deny that his career has been a most brilliant one, his dramatic talent and theatrical skill almost without a parallel, and his success phenomenal.

In bringing out an edition of Sudermann's *Heimat*, the editor has been mainly prompted by the enduring value and real interest this drama seems to possess. It certainly proves the great power of its author as a dramatist, containing all the virtues of his dramatic talent and few of the defects of his other dramas. If *Heimat* is the author's greatest and most successful play — and most of his critics seem to be unanimous in admitting this — there is no apology needed for making it available for class-room use.

In the introduction the attempt has been made to take into consideration nearly all the available literature upon the subject of Sudermann. The chief sources, from which the editor has drawn, are: Kawerau, *Eine kritische Studie;* Litzmann, *Drama der Gegenwart; H. Sudermann*, von Hans Landsberg; *H. Sudermann, Heimat* von Prof. Dr. Boetticher; *Idealismus und Naturalismus, eine Parallele zwischen Schiller u. Sudermann*

von A. Freiherr von Pawel-Rammingen; *H. Sudermann* von
Harry Jung; Heller, *Studies in Modern German Literature;*
B. W. Wells' article in *The Forum* for November, 1898, and
others, already quoted.

The text, with a very few verbal omissions, is that of the
Cotta'sche Buchhandlung, Stuttgart, who courteously extend to
the publishers of this edited text the use of any of their publi-
cations.

F. G. G. SCHMIDT.

UNIVERSITY OF OREGON.

Eugene, Oregon, May, 1909.

Likewise the explicitness of stage-directions; compare Shakespeare, Klinger; Ibsen also describes the appearance of the characters with the detail of the novelist

Perſonen.

Schwartze, Oberſtlieutenant a. D.[1]

Magda, }
Marie, } ſeine Kinder aus erſter Ehe.

Auguſte, geb.[2] von Wendlowski, ſeine zweite Frau.

Franziska von Wendlowski, deren Schweſter.

Max von Wendlowski, Lieutenant, beider Neffe.

Heffterdingk, Pfarrer zu St. Marien.

Dr. von Keller, Regierungsrat.

Profeſſor Beckmann, penſionierter Oberlehrer.

von Klebs, Generalmajor a. D.[3]

Frau von Klebs.

Frau Landgerichtsdirektor[4] Ellrich.

Frau Schumann.

Thereſe, Dienſtmädchen bei Schwartze.

Ort der Handlung: Eine Provinzialhauptſtadt.[5]
Zeit: Die Gegenwart.

i.e. 1893

Erſter Akt.

(Szenerie: Wohnzimmer im Hauſe des Oberſtlieutenant Schwartze. —
Bürgerlich altmodiſche Ausſtattung: Im Hintergrunde links eine mit weißen Gardinen verhängte Glasſchiebetür,[1] durch welche man ins Speiſe-
zimmer blickt, baneben die Korridortür, hinter welcher die Treppe ſichtbar
iſt, welche zum obern Stockwerk emporführt. — In der rechten abgeſchräg-
ten[2] Ecke ein weißverhangenes[3] Fenſter, von einer Epheulaube umgeben.
Links Tür zum Zimmer des Oberſtlieutenants. Stahlſtiche bibliſchen und
patriotiſchen Inhalts in ſchmalen, roſtigen Golbrahmen, Photographien,
militäriſche Gruppen barſtellend, und Schmetterlingskäſten an den Wänden.
Rechts über dem Sofa zwiſchen andern Bilbern das Porträt der erſten Frau
Schwartzes — jung, reizvoll, in der Tracht der ſechziger Jahre. Hinter
dem Sofa ein altmodiſches Zylinderbureau,[4] vor dem Fenſter ein Tiſchchen
mit Nähzeug und Haubnähmaſchine. Zwiſchen den Türen des Hinter-
grundes eine altmodiſche Standuhr. In der linken Ecke eine Säule mit
Makaribouquet,[5] davor ein Tiſchchen mit einem kleinen Aquarium. — Links
vorne ein Eckſofa mit einem Pfeifenſchränkchen[6] dahinter, bann Ofen mit
einem ausgeſtopften Vogel barauf, hinter bem Ofen ein Bücherſchrank mit
der Büſte des alten Kaiſers Wilhelm.)

Erſte Szene.
Marie. Thereſe.

Thereſe (geheimnisvoll zur Tür hereinrufend). Gnädiges Fräuleinchen.[7]

Marie (an der Nähmaſchine beſchäftigt). Was gibt's?[8]

Thereſe. Halten die alten Herrſchaften[9] noch Mittagsruh?

Marie. Iſt Beſuch da?   5

3

Therese. Nein — es ist wieder — lucken[1] Sie mal da!
(Trägt ein prächtiges Blumenarrangement herein.)

Marie (erschreckend). O Gott![2] Tun Sie es rasch in mein
Zimmer, damit Papa nichts — Aber es ist Ihnen doch
5 gestern, als das erste kam, verboten worden, dergleichen anzu-
nehmen?

Therese. Ich hab' auch den Gärtnerburschen fortschicken
wollen, aber ich war grade auf die Leiter geklettert von wegen
die[3] Fahne, und da hat er's hingestellt und — weg war
10 er... Ach, es ist doch eine gottgesegnete Pracht,[4] und wenn
ich mir eine Meinung erlauben dürfte, so hat der Herr Lieutenant —

Marie. Sie dürfen sich aber keine Meinung erlauben.

Therese. Ach so! Ja, was ich fragen wollte: Hängt die
15 Fahne so gut?

Marie (hinausschauend — nickt).

Therese. Und die ganze Stadt ist voll von sone[5] Fahnen
und Tannengirlanden[6]... Und die teuersten Teppiche hängen
man[7] so aus die Fenster... Doller[8] wie bei Königs Ge-
20 burtstag... Und alles wegen das[9] dumme Musikfest...
Gnädiges Fräuleinchen, was ist das eigentlich, ein Musikfest?
Ist das was anders wie ein Sängerfest?

Marie. Jawohl.

Therese. Ist es feiner?

25 **Marie.** Ja, es ist feiner.

Therese (respektvoll). So — ah! — wenn es feiner ist!
(Es klopft.)

Marie. Herein!
(Max tritt ein.)

Therese. Nu[10] darf ich die Blumen wohl drinne lassen.[11]
(In sich hineinlachend ab.)

Zweite Szene.

Marie. Max von Wendlowski.

Marie. Max, Sie haben da nette Geschichten gemacht.[1]

Max. Ich verstehe Sie nicht, Marie.

Marie. Haben Sie mir etwa diese Blumen nicht geschickt?

Max. Donnerwetter! Meine Mittel erlauben mir wohl, Ihnen von Zeit zu Zeit ein Veilchensträußchen à 50 Pfen= 5 nig zu überreichen. Hiermit hab' ich nichts zu schaffen.

Marie (nach der Klingel gehend). Und die von gestern?

Max. Ebensowenig.

Marie (klingelt. Therese erscheint). Werfen Sie die Blumen in die Müllgrube.[2] 10

Therese. Ach, die schönen!

Marie. Sie haben recht! (zu Max). Der Pfarrer würde in diesem Falle sagen: Wenn die Gottesgabe uns nicht freut, so müssen wir wenigstens sorgen, daß andre daran Freude haben. Würd' er das nicht sagen? 15

Max. Das kann schon sein.

Marie. Tragen Sie die Blumen in die Gärtnerei zurück. Es ist doch Zimmermann?[3] (Therese nickt.) Man möchte sie, wenn möglich, verkaufen und das Geld dem Pfarrer Heffter= bingk für die Hospitalkasse schicken. 20

Therese. Jetzt gleich?

Marie. Wenn Sie den Kaffee aufgebrüht[4] haben. Ser= vieren werd' ich ihn dann selbst. (Therese ab.) Welche Beleidi= gung! Ich brauche Ihnen nicht erst zu versichern, Max, daß ich niemanden einen Schimmer von Berechtigung[5] gegeben 25 habe.

Max. Das weiß ich, Marie.

Marie. Und Papa war böse ... Getobt hat er ... Weil ich heimlich gedacht habe, Sie wären's, hielt ich stille ... Wenn er den Unglücklichen zwischen die Finger bekäme, dem ging's
5 schlecht.[1]

Max. Glauben Sie, zwischen meinen Fingern ging's ihm besser?

Marie. Mit welchem Rechte dürften Sie?

Max (bittend). Marie! (Faßt ihre Hand.)

10 Marie (sich sanft losmachend). Max — ich bitte Sie — nichts davon! Sie kennen jede Falte meines Herzens — aber wir haben Rücksichten zu nehmen.[2]

Max (seufzend). Die Rücksichten — ach!

Marie. Mein Gott,[3] Sie wissen ja, in welcher Welt wir
15 leben. Ein jeder hat hier vor dem andern Angst, weil jeder von der guten Meinung des andern abhängt ... Sind so ein paar anonyme Blumen schon imstande, mich ins Geklätsch zu bringen, wie viel mehr —

Max (nicht nachdenklich).

20 Marie (die Hand auf seine Schulter legend). Max, Sie wollten noch einmal wegen der Kaution[4] mit Tante Fränzchen reden.

Max. Geschehn.[5]

Marie. Und?

Max (achselzuckend). So lange sie lebt, keinen Heller.

25 Marie. Es gibt nur Einen, der uns helfen könnte!

Max. Papa?

Marie. Um Gottes willen.[6] Lassen Sie ihn ja nichts merken. Er wäre imstande, Ihnen das Haus zu verbieten.

Max. Was tu' ich denn seinem Hause?

Marie. Sie wissen ja, wie er ist seit unsrem Unglück...
Er denkt immer, er habe einen Makel abzuwaschen. Und jetzt
gerade, wo die ganze Stadt von Musik wiederhallt, wo alles
ihn an Magda erinnert —

Max. Ei, wenn sie nun eines Tages wiederkäme?   5

Marie. Nach zwölf Jahren. Die kommt nicht wieder.
                         (Weint.)

Max. Marie!

Marie. Sie haben recht. Weg damit! Weg damit!

Max. Und wer könnte uns helfen?

Marie. Wer sonst als der Pfarrer?   10

Max. Ja, richtig, der Pfarrer.

Marie. Der kann ja alles. Der geht ja mit den Menschen-
herzen um,[1] als ob — Und dann ist er mir immer noch wie
ein Verwandter. Er sollte ja mein Schwager werden.

Max. Ja, aber sie wollte nicht.   15

Marie. Schelten Sie nicht, Max. Sie hat wohl büßen
müssen. (Es klingelt). O, vielleicht ist er das.

Max. Nein, nein — ich vergaß, Ihnen zu sagen. Der
Regierungsrat von Keller hat mich gebeten, ihn heute bei
Euch einzuführen.   20

Marie. Ei, ei, was will der?

Max. Er möchte sich an den Missions-[2] — na, überhaupt
an unsern Anstalten beteiligen. Ich weiß nicht — vielleicht
— na, jedenfalls will er morgen der Komiteesitzung bei-
wohnen.   25

Marie. Ich gehe die Eltern wecken. (Therese bringt eine Karte.)
Bitte! (Therese ab.) Machen Sie die Honneurs so lange.[3]
(Ihm die Hand reichend.) Und über den Pfarrer reden wir noch?

Max (lächelnd). Trotz der Rückfichten?

Marie. Mein Gott[1] — ich bin zudringlich — nicht wahr?

Max. Marie!

Marie. Nein, nein — reden wir nicht — adieu. (Ab).

Dritte Szene.

Max. von Keller.

5   **Max** (ihm entgegengehend). Nehmen Sie für etliche Minuten mit mir vorlieb,[2] lieber Herr von Keller. (Händeschütteln.)

Keller. Aber mit Vergnügen, mein Verehrtester.[3] (Sie setzen sich.) Unser gutes Nest[4] ist durch die Feier ganz außer Rand und Band geraten.[5] Man könnte beinahe glauben, es

10   läge in der Welt![6]

Max (lächelnd). Ich rate Ihnen, lassen Sie Ihre Meinung nicht laut werden.

Keller. Was hab' ich denn gesagt? Nein, nein, so müssen Sie das nicht auffassen. Ein solches Mißverständnis, wenn

15   man das weiter verbreitet — —

Max. Von mir haben Sie nichts zu befürchten!

Keller. O, das weiß ich ... Das Beste wäre schon, man lernte nie etwas anderes kennen!

Max. Wie lange waren Sie fort?

20   **Keller.** Fünf Jahre war ich draußen.[7] Examen, auf Kommifforien rumgeschickt[8] ufw. — Na,[9] nun sitz' ich wieder hier. — Ich trinke heimisches Bier, ich lasse mir sogar bei heimischen Künstlern[10] meine Röcke bauen,[11] ich habe mich mit Todesverachtung durch sämtliche Rehrücken[12] der Saison hindurchgegessen und nenne das: mich amüsieren. Ja, Jugend,

Weiber und Wanderschaft sind schöne Dinge. Aber die Welt will regiert sein und braucht ernste Männer dazu. Auch Ihnen wird die Stunde schlagen, mein werter Freund. Die Jahre der Würde kommen. Ja, ja! Besonders, wenn man ins Konsistorium übergeht.[1]

Max. Tun Sie das?

Keller. Ich habe die Absicht. — Und um Fühlung mit dem geistlichen Stande zu gewinnen[2] — ich rede ganz offen mit Ihnen — ist es mir von Wert — kurz — ich interessiere mich für die religiösen Fragen. — Ich habe neulich schon durch meinen Vortrag — Sie wissen vielleicht! — dazu Stellung genommen,[3] und gerade die Vereinigung, der dieses Haus angehört — lassen Sie mich Ihnen sagen, wie stolz ich bin. —

Max (halb scherzend). So stolz · hätten Sie schon lange sein können.

Keller. Verzeihung, bin ich zu empfindlich? Ich lese einen Vorwurf in diesen Worten.

Max. Durchaus nicht ... Aber gestatten Sie mir die Bemerkung: Es hat mir bisweilen geschienen, — und nicht mir allein — als ob Sie die Häuser vermieden, in denen die Familie meines Onkels verkehrt.

Keller. Ah — ah! Nun, daß ich hier bin, beweist wohl das Gegenteil.

Max. Sehr richtig ... Und darum will ich auch ganz offen mit Ihnen reden. Sie sind der Letzte, der meiner verschollenen Cousine Magda in der Welt draußen begegnet ist.

Keller (verwirrt). Wie meinen — —?

Max. Nun, Sie selbst haben ja, wie mir gesagt wurde, davon erzählt. Außerdem hat Sie auch mein Freund Heyde-

brand, der damals auf Kriegsakademie war, mit ihr zusam=
men getroffen.

Keller. So, so, allerdings — ja.

Mag. Es war wohl ein Fehler von mir, daß ich Sie nie=
mals offen nach ihr gefragt habe, aber Sie werden diese
Scheu erklärlich finden... Ich fühle mich mit diesem Hause
solidarisch[1] und fürchtete, Dinge zu vernehmen, die es be=
schämen könnten.

Keller. O — o — nicht doch — nein! Die Sache ist ein=
fach die: Es war in der Zeit, als ich in Berlin das Staats=
examen machte, da sah ich eines Tages in der Leipziger Straße
ein bekanntes — wenn ich so sagen darf — heimatliches Ge=
sicht[2]... Sie wissen ja, wie man sich dann in der Fremde
freut. — Na,[3] wir sprachen dann miteinander — ich erfuhr,
daß sie sich für die Oper ausbilde und deshalb aus dem elter=
lichen Hause gegangen sei.

Mag. Ah, das stimmt wohl nicht ganz.[4] Sie verließ das
Haus, um bei einer alten Dame Gesellschafterin zu werden.
(zögernd.) Es gab da ein Zerwürfnis mit ihrem Vater.

Keller. Wohl eine Heiratsgeschichte?

Mag. So ungefähr[5]... Der Alte, der auf der Seite des
Bewerbers war, sagte einfach: Entweder du parierst Ordre
oder du gehst aus dem Hause.

Keller. Und sie ging.

Mag. Jawohl. Aber erst als sie nach einem Jahre plötz=
lich schrieb, sie werde zur Bühne gehn, da kam es zu einem
vollständigen Bruche. — Ja, aber was wissen Sie nun weiter?

Keller. Das ist wohl alles.

Mag. Das ist alles?

Keller. Gott — e!¹ Dann traf ich sie noch hie und da, z. B.²
im Opernhause, wo sie einen Freiplatz³ hatte.

Mag. Und von ihrem Leben wissen Sie rein nichts?⁴

Keller (zuckt die Achseln). Sie haben auch nie etwas von ihr erfahren?   5

Mag. Niemals! Jedenfalls bin ich Ihnen von Herzen
dankbar und bitte Sie, gegen meinen Onkel, ohne daß er Sie
direkt fragt, beileibe nichts⁵ von dieser Begegnung zu erwäh-
nen. Er weiß zwar darum, aber der Name der verschollenen
Tochter wird in diesem Hause nicht genannt.   10

Keller. O, ich hätte selbstverständlich auch ohnedies die
Delikatesse gehabt!

Mag. Und was glauben Sie, was aus ihr geworden sein
kann?

Keller. Ja, wissen Sie, mit der Musik ist das wie mit der 15
Lotterie. Auf zehntausend Nieten kommt ein Gewinst, auf
Scharen Untergegangener eine, die Carriere macht... Ja,
wenn man eine Patti⁶ wird oder eine Sembrich oder — um
bei unsrem Musikfest zu bleiben⁷ —

Vierte Szene.

Die Vorigen. Schwarze. (Dann) Frau Schwarze.

Schwarze (Keller die Hand schüttelnd). Herzlich willkommen in 20
meinem Hause, Herr von Keller (seine eintretende Frau vorstellend)
Herr Regierungsrat von Keller — meine Frau.

Frau Schwarze. Bitte doch⁸ Platz zu nehmen.

Keller. Ich würde es nicht gewagt haben, gnädige Frau,
um die Ehre der Einführung zu bitten, wenn nicht gleichzeitig 25

der glühende Wunsch in mir rege gewesen wäre,[1] mich an dem
christlichen und gemeinnützigen Werke zu beteiligen, dessen
Zentrum und Seele, wie die ganze Stadt weiß, dieses Haus
bildet.[2] — Der gute Zweck mag meine Kühnheit entschul=
5 digen.

    Schwartze. Gott, ich bitte Sie, — Sie tun uns ja viel zu
viel Ehre an. Wenn von einem Zentrum des Ganzen über=
haupt die Rede ist, so kann das niemand sein, als eben der
Pfarrer Heffterdingk. Er bewegt alles, er regiert alles —
10 er —

    Frau Schwartze. Sie kennen doch[3] unsren Pfarrer, Herr
von Keller?

    Keller. Ich habe ihn mehrfach reden gehört, gnädige Frau,
und bewundre sowohl die Innigkeit seiner Überzeugungen,
15 wie sein naives Menschenvertrauen. Aber den Einfluß, den
er ausübt, kann ich mir nicht erklären.

    Frau Schwartze. Ach, Sie werden es lernen. Sein Wesen
ist ja so einfach und schlicht. Man sieht es ihm wirklich nicht
an.[4] — Aber das ist ein Mann. Der bekehrt alle.

20   **Keller** (höflich). Nun bin ich es[5] schon beinahe, gnädige Frau.

    Schwartze. Und was uns hier betrifft, lieber Gott! so geb'
ich eben diese schwachen und nutzlosen Arme dazu her, die
groben Arbeiten zu verrichten. Das ist alles. Schließlich
liegt es ja auch nah,[6] daß ein alter Soldat das bißchen Mark,
25 das ihm der Thron übrig gelassen hat, dem Altar zur Ver=
fügung stellt. — Denn — e — das gehört doch zusammen —
nicht wahr?

    Keller. Das nenn' ich groß gedacht![7]

    Schwartze. Bitte, bitte, bitte, aber — ich will mich doch

hier nicht aufspielen! — Würde mir recht — e — ja, vor
jenen zehn Jahren, als sie mir den Abschied gaben, da war
ich noch ein Kerl![1] Hä! Max, Max — ich glaube, mein altes
Bataillon zittert heute noch vor mir,[2] — Max — was?

Max. Zu Befehl,[3] lieber Onkel. — 5

Schwartze. Ja, das passiert Euch vom Zivildienst nicht,
Eure Kräfte vor der Zeit brach gelegt[4] zu sehn ohne — Ver-
schulden. — (brütend) Ohne eine Ahnung von Verschulden! —
Dann kam auch noch ein kleines Schlaganfällchen! Gucken
Sie mal, wie das noch zittert. (hebt die rechte Hand hoch.) Und 10
was da noch übrig blieb, — — — ja — was kann da wohl
viel[5] übrig bleiben? Da war es mein verehrter junger
Freund Heffterdingk, der hat mir durch Arbeit und Gebet den
Weg zu einer neuen Jugend gewiesen. Denn allein hätt'
ich ihn nicht gefunden. 15

Frau Schwartze. Glauben Sie ihm nicht, Herr von Keller.
Wenn er sich nicht immer verkleinern wollte, er wäre ganz
anders anerkannt bis in die höchsten Kreise.

Keller. O, meine Gnädigste![6] Hoch und niedrig kennt und
verehrt Ihren Herrn Gemahl. 20

Schwartze (aufleuchtend.) So? Ja? — Keine Eitelkeit! Ne,[7]
ne, pfui, keine Eitelkeit — die frißt uns ratzenkahl.[8]

Frau Schwartze. Ist es denn wirklich so sündhaft, ein bißchen geachtet sein zu wollen?

Keller. O! 25

Schwartze. Was ist geachtet? — Für dich zum Beispiel ist
es, vom Oberpräsidenten durch den Saal geführt zu werden.
Oder wenn die Majestäten hier sind, aufs Schloß zum Tee
befohlen zu sein.

Frau Schwartze. Du weißt sehr wohl, daß mir das letztere Glück noch nie zu teil geworden ist.

Schwartze. Na, na, verzeih. Ich kenne ja deinen Schmerz. Ich hätt' ihn schonen sollen.

5 **Frau Schwartze.** Ja, denken Sie, Herr Regierungsrat, Frau Fanny Hirschfeld, die von den Kinderheilstätten,[1] wurde zu Ihrer Majestät befohlen — und ich wurde nicht befohlen.

Keller (bedauernd.) Ah!

Schwartze (streichelt ihr lachend den Kopf). Wie gesagt, Mutter-
10 chen, ratzenkahl!

Fünfte Szene.

Die Vorigen. Marie (ein Teebrett mit Kaffeetassen tragend, verneigt sich freundlich vor dem aufstehenden Keller).

Schwartze. Herr von Keller — meine Tochter — meine einzige Tochter!

Keller. Ich hatte bereits das Glück.

Marie. Ich kann Ihnen keine Hand zum Willkommen
15 bieten, Herr von Keller, nehmen Sie statt dessen eine Tasse Kaffee.

Keller (sich bedienend, mit einem Rundblick). Ich bin glücklich, daß Sie mich wie einen alten Bekannten des Hauses behandeln.

Schwartze. Und wenn's an uns läge,[2] so soll bald ein
20 Freund des Hauses daraus werden. — Und das ist keine schöne Redensart, denn ich kenne Sie, Herr Regierungsrat, und in diesen Zeiten, in denen alle Bande der Moral und Autorität zu zerreißen drohen, da ist es doppelt geboten,[3] daß die Män-ner, die für die gute, alte, sozusagen familienhafte Gesittung
25 eintreten wollen, die nötige Fühlung[4] miteinander bekommen.

Keller. Ein ernſtes und wahres Wort! Dergleichen hört
man nicht mehr auf dem großen Markte, wo die Ideen der
Zeit in die beliebte kleine Münze umgeſetzt werden.

Schwartze. Ideen der Zeit! Hähähähä. Ja, ja! Aber
kommen Sie in die ſtillen Heimſtätten,[1] wo dem Könige 5
wackere Soldaten erzogen werden und ſittſame Bräute für
ſie. Da wird kein Lärm gemacht mit Vererbung und Kampf
ums Daſein und Recht der Individualität — da paſſieren
keine Skandalgeſchichten — da ſchert man ſich den Teufel[2]
um die Ideen der Zeit, und doch ruht hier die Blüte und die 10
Kraft des Vaterlandes … Sehn Sie dieſes Heim! Da gibt's
keinen Luxus — kaum einmal den ſogenannten guten Ge-
ſchmack — verſchoſſene Decken — birkene Möbel — ſtockige
Bilder — und doch — wenn Sie die Abendſonne durch die
weißen Gardinen ſo freundlich auf all das Gerümpel ſcheinen 15
ſehn, ſagt Ihnen da nicht ein Gefühl: Hier wohnt das Glück?

Keller (nicht wie in Ergriffenheit).[3]

Schwartze (vor ſich hinbrütend). Hier könnt' es wohnen.

Marie (zu ihm eilend). Papa!

Schwartze. Jajaja! Sehn Sie, in dieſem Hauſe herrſcht 20
ganz altmodiſch noch die väterliche Autorität. — Und wird
herrſchen, ſo lange ich lebe. Und bin ich denn ein Tyrann?
Redet doch! — Ihr müßt's doch wiſſen!

Marie. Du biſt der beſte, der liebſte —

Frau Schwartze. Er iſt ſo leicht erregbar, Herr Regierungs= 25
rat!

Schwartze. Seid ihr nicht gut aufgehoben?[4] Halten wir
nicht zuſammen, wir drei? Und an ſo was rüttelt nun die
Zeit, pflanzt Widerſpenſtigkeit in die Herzen der Kinder, ſät

Mißtrauen zwischen Mann und Weib (fich erhebend) und wird nicht eher ruhen, als bis die letzte Heimat in Trümmer sinkt und wir einsam und scheu auf den Straßen herumvagieren wie die verlaufenen Hunde. (Sinkt von seiner Erregung ermattet in den
5 Sessel zurück.)

Frau Schwartze. Du solltest dich nicht so ereifern, Papa, — du weißt, das schadet dir. (Geht zu ihm.)

Max (macht Keller ein Zeichen).

Keller (leise). Gehn?

10 Max (nickt).

Keller. Über den Gegenstand ließe sich[1] noch manches Interessante plaudern, Herr Oberstlieutenant — ich glaube ja, Sie sehn zu schwarz — aber meine Zeit ist leider —

Schwartze. Zu schwarz — hä zu schwarz! Na, nehmen
15 Sie's einem alten Mann nicht übel, wenn er ein bißchen in Hitze gerät.

Keller. Jung ist, wer sich entrüsten kann, Herr Oberstlieutenant... Ich glaube, ich bin ein Greis gegen Sie.

Schwartze. Na, na! (Drückt ihm die Hand.)

20 Keller. Gnädige Frau! Gnädiges Fräulein! (ab.)

Max (verabschiedet sich gleichfalls).

Schwartze. Und grüß mir das Bataillon, mein Sohn.

Max. Zu Befehl,[2] lieber Onkel. (ab.)

Sechste Szene.

Schwartze. Frau Schwartze. Marie.

Frau Schwartze. Ein liebenswürdiger Mann.

25 Marie. Zu liebenswürdig beinahe.

Schwartze. Er war noch eben unser Gast.

Frau Schwartze (macht Marie ein Zeichen, sie möge in ihren Äußerungen vorsichtig sein).

Marie. Besiehlst du deine Pfeife, Papa?

Schwartze. Bitte, mein Kind.

Frau Schwartze. Nun werden ja auch die Herren von der [5] Preferencepartie[1] gleich da sein. Wie gut, daß wir die Rehkeule[2] nicht schon Sonntag gegessen haben. — Man soll doch immer verwahren![3] Ich hab' auch Rotwein holen lassen für den General. Zu 2 Mark 50. Das ist doch nicht zu teuer?

Schwartze. Wenn er gut ist. — Kommt deine Schwester [10] Franziska heute?

Frau Schwartze. Ich glaub' — ja.

Schwartze. Sie war wohl gestern zum Oberpräsidenten eingeladen?

Frau Schwartze (seufzend). Ja. [15]

Schwartze. Und wir nicht. Arme Seele! — Sie kann sich übrigens heut vor mir in acht nehmen, wenn sie prahlen will. (Murmelnd). Alter Drache — der!

Marie (die vor ihm kniet, ihm die Pfeife anzuzünden). Sei gut, Papachen! — Es tut dir keiner was.[4] [20]

Schwartze (sie streichelnd). Ich bin gut, mein Herzblatt! — Ich freß euch aus der Hand vor lauter Gutsein,[5] aber (sich redend) das Herz ist mir schwer. (Es klingelt, Marie eilt hinaus.)

Frau Schwartze. Das werden sie sein.

Siebente Szene.

**Die Vorigen. Generalmajor von Klebs. Professor Beckmann.
Marie.**

General. Meinen untertänigsten Respekt den Damen
Gnädigste Frau. (Küßt ihr die Hand.)

Frau Schwartze. Seien Sie willkommen, meine Herren.

General. Na, mein lieber Oberstlieutenant, immer fidel?
5 — Ja? — Na, liebes Fräulein Mariechen, alles klar zum
Gefecht?¹ Rücken Sie da noch ein Klötzchen unter²... So!
— Dann kann ja die Geschichte losgehn! — Aber beinahe
wären wir zu spät gekommen. — Wir waren nämlich mitten
in den Musikfesttrubel reingeraten!³ — So ein Unfug! —
10 Da hol' ich also⁴ hier den Schulmeister ab — und — und —
wie wir am — am Deutschen Hause⁵ vorbeikommen, da steht
da ein Menschenauflauf und gafft, als ob da mindestens ein
Mitglied des königlichen Hauses abgestiegen wäre. — Und
wer — we — we — weswegen? Eine Sängerin... Das
15 sind doch, um mich so auszudrücken, Sachen. — Wegen einer
Sängerin! Wie heißt doch die Person?

Professor. Aber, mein verehrter Herr General, Sie man-
schen ja heute nur so in Barbarei.⁶

General. Wir bekommen einen Tadel, gnädige Frau! Wir
20 ziehn uns eine Rüge zu,⁷ gnädige Frau.
(Setzen sich.)

Professor. Aber Sie werden doch die dall'Orto kennen, die
große italienische Sängerin, die da draußen⁸ die großen Wag-
nerrollen singt? Das ist ein Glück für uns, daß wir die
ʼm Feste hergekriegt haben. Wenn die nicht wäre —

General. So so! Na, was wär' denn, wenn die nicht wäre? Hä? Ich dächte, wenigstens unsre streng gesitteten Kreise halten sich so — nen — sone Sachen vom Halse.[1] Aber seitdem der Oberpräsident zu Ehren dieser Damen Soireen gibt! Und — ja, das is[3] das schönste — das setzt allem die 5 Krone auf! Raten Sie mal, wer steht da heute mitten unter den Enthusiasten und reckt sich den Hals aus?[4] Hä? Ne,[5] Sie raten's doch nicht. Is zu doll. Der Pfarrer.

Schwartze. Der Pfarrer?

General. Ja, ja, ja. Unser Pfarrer.   10

Schwartze. Merkwürdig.

General. Nun frag' ich Sie, was will der da? Und was wollen die andern da? Und was hat so'n[6] Fest überhaupt fürn Zweck?

Professor. Nun, ich dächte, die idealen Güter der Nation 15 zu pflegen, das ist eine Aufgabe —

General. Wer die idealen Güter der Nation pflegen will, der kann ja einem Kriegerverein[7] beitreten.

Schwartze. Nicht jeder hat das Glück, Soldat gewesen zu sein, Herr General.   20

General (die Karten ausbreitend). Man ist eben Soldat gewesen, lieber Oberstlieutenant. Ich kenne keine Leute, ich wünsche keine Leute zu kennen, die nicht Soldat gewesen sind! — Sie geben![8] — Und diese ganze sogenannte Kunst, Sie weiser Mann Sie, — was hat die eigentlich für einen Zweck? 25

Professor. Die Kunst hat den Zweck, den moralischen Sinn im Volke zu erhöhen, Herr General!

General. Da haben wir's, gnädige Frau — wir sind geschlagen.—Der Sieger von Königgrätz[9] hat uns geschlagen...

Ich aber sage Ihnen: die Kunst ist eine Erfindung, die sich die Drückeberger zurecht gemacht haben,[1] um im Staate zu etlicher Bedeutung zu gelangen ... Passe![2]

Schwartze. Passe!

5   **Professor** (eifrig). Und wollen Sie etwa behaupten, daß die Kunst — — (ruhig.) Neun Pique.[3] (Ausrufe des Erstaunens.)

(Es klingelt. Marie eilt hinaus. General macht eine ungeduldige Bewegung. Schwartze beruhigt ihn. Sie beginnen zu spielen.)

Achte Szene.

Die Vorigen. Franziska von Wenblowski. (Später der) Pfarrer.

General. Ah! Unser verehrtes Fräulein Franziska. (Leise.) Nu[4] is Schluß.

Schwartze. Ne ne ne ne — die schicken wir in den Garten.

10   **Franziska** (die sich in einen Stuhl geworfen hat). Ich bin in einem Echauffement.[5] Ich muß erst etwas Luft schöpfen. Ich bitte, sich vorläufig nicht zu stören,[6] Herr General.

Professor. Also — neun Pique.

General. Hurrje,[7] da ist ja auch der Pfarrer.

15   **Pfarrer.** Wünsche guten Tag. (Man begrüßt ihn, indem einer nach dem andern ihm die Hand schüttelt.)

General. Nanu,[8] Pfarrerchen, seit wann laufen Sie denn den Sängerinnen nach?

Pfarrer. Was tu' ich —? ach so, — ja, ich laufe den Sänger-
20 innen nach — das ist jetzt meine Beschäftigung.

Schwartze. Aber trotzdem können Sie doch 'ne Partie Preference mitspielen, hä?

Pfarrer. Leider nein ... Ich muß Sie sogar um eine dringende Unterredung bitten, lieber Herr Oberstlieutenant.

General. Nanu? Die wird sich doch aufschieben lassen, Pfarrerchen?

Franziska. O um Gottes willen — das ist so wichtig — das muß sofort —

Schwartze. Gehört die denn auch dazu[1] — meine Schwä= gerin?

Franziska. Die gehört sogar in sehr hervorragender Weise dazu.

General. Na — dann können wir ja ruhig wieder gehn.

Frau Schwartze. Ach — uns ist ja das furchtbar peinlich —

Schwartze. Wenn Sie's nicht wären, lieber Pfarrer, der uns da auseinandersprengt.

Frau Schwartze. Aber vielleicht gestatten die Herren Marie= chen, daß sie Sie ein wenig in den Garten führt?

General. Das geht. Gewiß. Fein. Famos.[2] Schul= meisterlein kleines,[3] das machen wir. Fräulein Mariechen, haben Sie die Gnade und nehmen Sie die Tête.[4]

Professor. Aber — die Karten — die bleiben doch liegen? nicht wahr?

General. Ja, Sie haben neun Pique. Kommen Sie man.[5] — (Ab.)

Neunte Szene.

Schwartze. Frau Schwartze. Pfarrer. Franziska.

Schwartze. Nun?

Franziska. Mein Gott, seht ihr denn nicht meine Aufre= gung? Gebt mir doch wenigstens ein Glas Wasser. — (Frau Schwartze bringt es.)

Pfarrer. Wollen Sie mir versprechen, lieber Oberstlieute=

nant, was auch kommen mag, Ihre Ruhe zu bewahren?...
denn es hängt viel davon ab, das glauben Sie mir.

Schwartze. Ja, ja — aber was soll denn —

Pfarrer. Das sagt Ihnen besser Fräulein Franziska.

5 **Franziska** (nachdem sie getrunken hat). Ja, das ist ein Tag.
Heute rächt mich das Schicksal. Dieser Mann hat jahrelang
meine heiligsten Empfindungen verletzt — er hat mich —
aber heute kann ich feurige Kohlen auf seinem Haupte sammeln. (Gerührt.) Schwager, gib mir deine Hand. Schwester,
10 gib mir deine Hand.

Pfarrer. Verzeihen Sie, liebes Fräulein Fränzchen — ich
glaube — Ihre Aufgabe ist so ernst, daß...

Franziska (schmelzend). Nicht böse sein... Nicht böse sein.
Ich bin ja so bewegt. Ich — war also gestern beim Ober-
15 präsidenten. Es waren nur der hiesige Adel und die höchsten
Beamten eingeladen. — Ihr waret wohl nicht eingeladen?

Schwartze (zornig). Nein.

Franziska. So war's doch nicht gemeint... dieses Mißtrauen. Ich bin ja so bewegt... (will weinen, fährt aber auf einen
20 Blick des Pfarrers fort) ja, ja, ja — ich hatt' also mein gelbes Sei-
denkleid mit den Brabantern[1] an — — die Schleppe hatt' ich
mir kürzer machen lassen. — Also wie ich in den Saal trete.
(Weint.) Wer ist da?

Schwartze. Also — wer ist da?

25 **Franziska** (aufschluchzend). Euer Kind! Magdalena! (Schwartze
taumelt zurück, vom Pfarrer unterstützt. Frau Schwartze schreit auf. Dann
Schweigen.)

Schwartze (der sich zuerst faßt). Pfarrer!

Pfarrer. Es ist wahr.

Schwartze (aufstehend). Magdalene ist nicht mehr mein Kind.

Franziska. Aber hör nur zu. — Du wirst gleich andrer Ansicht werden. Beide Arme wirst du ausstrecken nach einem solchen Kind.

Schwartze. Magdalene ist nicht mehr mein Kind.   5

Pfarrer. Aber schließlich — denk' ich — anhören könnten Sie doch, wie sie gefunden wurde.

Schwartze (verwirrt). Ja, das kann ich.

Pfarrer (winkt Franziska).

Franziska. Also — der große Festsaal war drückend voll.[1]   10 — Fast lauter fremde Menschen. Da seh' ich Exzellenz[2] durch den Saal gehn und an seinem Arm eine Dame —

Frau Schwartze. An dem Arm von Exzellenz?

Franziska. Mit brünettem Haar und stolz und hochge= wachsen. Und rings um sie ein Halbkreis von Menschen wie 15 beim Cercle[3] um Ihre Majestät... Und plaudert und lacht... Und jeder, an den sie das Wort richtet, ist beglückt, genau wie bei Ihrer Majestät[4]... Und sie hat ein halbes Dutzend Orden auf der Schulter, und ein Orangeband mit einer Medaille hat sie um den Hals... Ich denk' noch,[5] was für 20 eine Fürstlichkeit[6] kann das wohl sein, da dreht sie sich halb um; — na, und ich kenn' doch Magdas Augen.

Schwartze. Märchen!

Franziska. So, da hat man's.[7] —

Pfarrer. Lieber Herr Oberstleutnant, die Sache hat ihre 25 Richtigkeit.

Schwartze. Wenn Sie das — (die Hände faltend). Sie ist nicht untergegangen. Vater im Himmel, du hast sie nicht unter= gehen lassen!

Frau Schwartze. Und was ist sie, daß sie so hochgeehrt —?

Pfarrer. Sie ist im Auslande eine große Sängerin ge=
worden und nennt sich mit einem italienischen Namen Mad=
balena dall'Orto.

5 **Frau Schwartze.** Hör doch, Leopold, die berühmte Sängerin,
von der die Zeitungen immer schreiben, das ist unser Kind.

Schwartze. Magda ist nicht mehr mein Kind. —

Pfarrer. Ist das nun Ihre innerste Meinung?[1]

Franziska. Ja, da sieht man, was du für ein Herz hast! —
10 Nimm dir an mir ein Beispiel. Wo sie nur konnte, hat sie
mich geärgert, die Kröte,[2] d. h. damals Kröte ... Und jetzt —
sie sah mich ja nicht, aber hätte sie mich gesehn — o!

Frau Schwartze. Leopold, Exzellenz hat sie selbst am Arm
geführt!

15 **Schwartze.** Ich aber sage dir — und dir — und Ihnen,
Pfarrer, mir wär's lieber, sie hätte in Not und Lumpen vor
mir gelegen und mich um Verzeihung angefleht, denn dann
hätt' ich doch gewußt, daß sie im Herzen mein Kind geblieben
ist ... Warum ist sie in diese Stadt gekommen — hä —? Die
20 Welt war ja groß genug für ihre Triumphe! Dies Provinznest
brauchte sie sich nicht zu erobern. Aber ich weiß! — Ihrem
armen Teufel von Vater zu zeigen, wie weit man's in dieser
Welt bringen kann, wenn man die Kindespflicht mit Füßen
tritt, das ist ihre Absicht. Trotz und Dünkel sprechen aus ihr
25 — weiter nichts![3]

Pfarrer. Lieber Herr Oberstlieutenant, da möchte ich Sie
doch fragen: — was spricht aus Ihnen? Etwa das Vaterherz?
Nun, darauf werden Sie wohl selber keinen Anspruch machen,
denn —— oder vielleicht das gute Recht? Ich glaube viel-

mehr, Ihr gutes Recht wär' es gewesen, sich ganz einfach
an dem Glück Ihres Kindes zu freuen. — Oder vielleicht
die gekränkte Sitte?... Ich weiß nicht — Ihre Tochter
hat so viel durch eigene Kraft erreicht, daß die gekränkte
Sitte sich am Ende damit zufrieden geben könnte... Aber 5
mir scheint, aus Ihnen sprechen Trotz und Dünkel, weiter
nichts!

Schwartze (auffahrend). Herr Pfarrer!

Pfarrer (freundlich). Ach, schreien Sie mich nicht an... das ist
ja ganz überflüssig. Wenn ich was zu sagen habe, so muß 10
ich's doch sagen, nicht wahr?... Und da möcht' ich fast glauben,
es paßt Ihnen nicht, daß sie wider Ihren Willen so hoch gestiegen ist. Ihr Stolz möchte was zu verzeihen haben, und
es ärgert Sie, daß es hier nichts zu verzeihen gibt. Und nun
frag' ich Sie: Wünschen Sie ernsthaft, daß sie lieber als eine 15
Gefallene, eine Verworfene den Weg in ihren Heimatsort
zurückgefunden hätte, und wollen Sie es wagen, diesen Wunsch
vor Gottes Thron zu verantworten? (Schweigen.) Nein, mein
lieber, alter, verehrter Freund. Sie haben oft im Scherze
gesagt, ich sei Ihr gutes Gewissen, lassen Sie es mich einmal 20
ernsthaft sein. Folgen Sie mir! — Heute noch.

Franziska. Hätt'st du das nur gesehn, wie sie —

Pfarrer (nickt ihr, sie solle still sein).

Schwartze. Hat sie nur den leisesten Versuch gemacht, sich
ihren alten Eltern zu nähern? Hat sie mit einem einzigen 25
Liebeszeichen an ihr Vaterhaus gedacht? Wer bürgt mir dafür,
daß meine ausgestreckte Hand nicht mit Hohn zurückgewiesen
wird?

Pfarrer. Nun, dafür könnt' ich wohl bürgen.

Schwartze. Sie? Na, ich denke, Sie hätten zu allererst eine Probe von ihrem unbändigen Trotz erhalten.[1]

Pfarrer (betreten). Daran hätten Sie mich nicht erinnern sollen.

Zehnte Szene.

Die Vorigen. Marie (mit dem Blumenkorbe). Therese.

5 **Marie.** Papa, Papa, hör nur, was Therese — Ach, ich störe wohl?

Schwartze (sich sammelnd). Was gibt es?

Marie. Ich hatte heute wieder anonyme Blumen bekom= men, und als ich Therese damit zur Gärtnerei zurückschickte, 10 erfuhr sie, daß es kein Herr, sondern eine Dame gewesen sei, die sie bestellt hat... Und da sie doch nicht mehr verkauft werden konnten, hat sie sie wieder mitgebracht.

(Die andern wechseln Blicke).

Pfarrer. Nun sagen Sie mal, Therese, hat man Ihnen diese Dame beschrieben?

15 **Therese.** Sie ist groß gewesen — mit große,[2] dunkle Augen — und soll sehr was Feines und Fremdländ'sches an sich ge= habt haben.[3]

Pfarrer (führt Marie mit dem Blumenkorbe heran und legt Schwartze die Hand auf den Arm). Sie brauchten ein Liebeszeichen!

20 **Schwartze** (die Blumen anstarrend). Von ihr!

Frau Schwartze. Die kosten ja ein Vermögen.

Marie. Nun hat aber Therese noch etwas sehr Merkwür= diges erfahren.

Pfarrer. Na, nun reden Sie mal, Therese. Ganz frisch weg![4]

Therese. Wenn der Herr Pfarrer meinen![1] Also wie ich
wieder raufkomme,[2] hält mich der Portier an und erzählt, daß
gestern abend um die Schummerstunde[3] eine Ekwipage vor
der Tür gehalten hat ... da ist eine Dame dringewesen. Die
ist aber nicht ausgestiegen, sondern hat immerzu nach den [5]
Fenstern von unsere[4] Wohnung raufgesehn, wo eben Licht
angesteckt gewesen ist. Und als er gegangen ist, fragen,[5] was
sie eigentlich will, da hat sie dem Kutscher was gesagt und der
ist rasch zugefahren! (Bewegung.)

Pfarrer. Es ist gut, Therese! (Therese ab.)   [10]

Elfte Szene.

Die Vorigen (ohne) Therese.

Pfarrer. Verzeihen Sie, liebes Fräulein Mariechen, wenn
wir Sie noch einmal als kleines Mädchen behandeln und Sie
bitten, uns noch für einen Augenblick allein zu lassen.

Marie. Mir ist so angst bei dem allen, Herr Pfarrer.
(Bittend.) Papa?   [15]

Schwartze (verstört auffahrend). Was, mein Kind?

Marie. Papa! — Papa, du weißt, wer diese Dame ist?

Schwartze. Ich? Nein — ich vermute es nur.

Marie (aufschreiend). Magdalena — Magda — Magda ist
hier! (Auf die Knie fallend.) Ach, du verzeihst ihr!   [20]

Schwartze. Steh auf, mein Kind. Deine Schwester steht
hoch über meinem bißchen Verzeihung.

Pfarrer. Aber — über Ihrer Liebe steht sie nicht.

Marie. Magda ist da! Mein Gott, Magda ist da! (Weint
am Halse der Mutter.)   [25]

Franziska. Holt mir denn keiner ein Glas Wasser? Ich bin ja so bewegt.

Pfarrer. Haben Sie einen Entschluß gefaßt? (Schwartze bleibt unbeweglich.) Soll das heißen, Sie lassen sie ihrer Wege gehn, 5 ohne sie —

Schwartze. Es wird wohl so sein.

Pfarrer. Ei, wenn Sie in Ihrer Sterbestunde mit einemmale. das Verlangen nach Ihrer verlorenen Tochter packt? Wenn Sie sich dann sagen müssen: Sie hat vor meiner 10 Schwelle gestanden und ich hab' ihr nicht zugerufen: Komm herein! .

Schwartze (gequält und halb besiegt). Was wollen Sie von mir? Soll ich mich demütigen vor meinem weggelaufenen Kinde?

Pfarrer. Nein, das sollen Sie nicht... Ich — ich — werde 15 — zu ihr gehn.

Schwartze. Sie? Pfarrer, Sie?

Pfarrer. Ich habe heute nachmittag vor ihrem Hotel gewartet, um mich zu überzeugen, ob sich Fräulein Franziska nicht geirrt habe. Um dreiviertel vier ist sie aus dem Tor 20 getreten und in den Wagen gestiegen.

Marie. Sie haben sie gesehn?

Frau Schwartze. Wie hat sie ausgesehn? Was hat sie angehabt?

Pfarrer. Die Aufführung hat um vier Uhr begonnen und 25 muß nächstens zu Ende sein. Ich werde sie also im Hotel erwarten und werde ihr sagen, daß sie hier — daß sie hier offene Arme findet... Das darf ich doch?

Marie. Ja, ja, nicht wahr, Papa, ja?

Frau Schwartze. Bedenke doch, wer deine Tochter —

Schwarze. Können Sie mir ſchwören, daß ſich kein ſchwächlicher und eitler Gedanke in Ihr Handeln einmiſcht?... Daß Sie, was Sie tun, im Namen unſeres Herrn und Heilandes tun?

Pfarrer. Das kann ich, ſo wahr er mir helfe.   5

Schwarze. Dann geſchehe Gottes Wille. (Marie ſtößt einen Freudenſchrei aus.)

Pfarrer (ſtreckt ihm die Hand entgegen).

Schwarze (ihn feſthaltend, leiſer). Der Gang¹ wird Ihnen ſchwer. — Ich weiß! Ihre verlorene Jugend — Ihr Stolz — 10

Pfarrer. Ach, lieber Herr Oberſtlieutenant, ich hab' ſo die Idee,² der Stolz iſt ein recht armſeliges Ding. Es lohnt wirklich nicht, ihn immerzu im Munde zu führen.³ Da iſt ein alter Vater, dem bring' ich ſeine Tochter — und da iſt eine irrende Seele — na, der bring' ich eben die Heimat. 15 Ich denke, das iſt ganz genug. — Adieu ſo lang. (Ab.)

Marie (will ſich jubelnd und weinend dem Vater an die Bruſt werfen).

(Der Vorhang fällt.)

Zweiter Akt.

Dieselbe Szenerie.

(Es ist dunkel, nur ein leises Abendrot schimmert noch durchs Fenster.)

Erste Szene.

Marie. Therese.

Therese (trägt eine brennende Lampe herein). Gnädiges Fräulein-chen! Was hat sie bloß immer zu kucken?[1] — Gnädiges Fräu-leinchen!

Marie (die am Fenster gestanden hat, auffahrend). Was wollen Sie?

5 **Therese.** Soll ich zu Abendbrot decken?[2]

Marie. Noch nicht.

Therese. Aber es ist halber acht.[3]

Marie. Um halb sieben ist er gegangen. Die Aufführung muß lange aus[4] sein... Sie wird nicht kommen wollen.

10 **Therese.** Wer? Ist noch ein Abendbrotgast?

Marie. Nein, nein, nein! (Therese will ab.) Therese! — Könn-ten Sie vielleicht noch in den Garten, ein paar Sträuße pflücken?

Therese. Können könnt' ich wohl,[5] aber was ich greifen 15 werd', weiß ich nicht... 's ist ja stockduster.[6]

Marie. Ja, ja — Sie können gehn.

Therese. Soll ich nu pflücken — oder —?

30

Marie. Nein — danke, nein.

Therese. Was hat die bloß? (Ab.)

Zweite Szene.

Marie. Frau Schwartze.

Frau Schwartze. Du, Mariechen, ich hab' mir für alle Fälle doch die andre Haube aufgesetzt. Die mit den Bändern. Sieh mal, sitzt das so?[1]

Marie. Ja, Mamachen, das sitzt.

Frau Schwartze. Ist Tante Fränzchen noch nicht oben?

Marie. Nein.

Frau Schwartze. Gott, ach Gott! ich hatt' ja die beiden Herren ganz vergessen. — Und Papa hat sich eingeschlossen... der will nichts hören und sehen. Ach Gott, wenn der General uns böse wird! Das ist ja unser vornehmster Umgang.[2] Das wär' ja ein Unglück.

Marie. Wenn er erfährt, um was es sich handelt, Mamachen.

Frau Schwartze. Ja — ja — ja. Und der Herr Pfarrer kommt auch gar nicht. Du, Mariechen, noch eins! — Wenn sie dich fragen sollte —

Marie. Wer?

Frau Schwartze. Na, Magda.

Marie. Magda!

Frau Schwartze. Wie das so ist zwischen uns beiden. Was man so nennt: Stiefmutter. Das bin ich doch nicht?

Marie. Ganz gewiß nicht, Mamachen.

Frau Schwartze. Siehst du, damals... ich konnt' mich eben

nicht daran gewöhnen, gleich zwei große Töchter zu haben ...
Aber das hat sich doch ausgeglichen? (Marie nickt.) Und wir haben
uns doch lieb?

Marie. Ja, Mamachen, wir haben uns sehr lieb. (Küßt sie.)

Dritte Szene.

Die Vorigen. Franziska.

5　**Franziska** (ängstlich). Da stört man ja wieder ein lebendes
Bild.

Frau Schwartze. Was hat der General gesagt?

Franziska. Der General? — Na, der war schön böse.[1]
Uns anderthalb Stunden sitzen zu lassen, das sind Sachen,
10 hat er gesagt. Und in der Tat, ich muß sagen, das über=
steigt —

Frau Schwartze (kläglich zu Marie). Siehst du, was hab' ich dir
— — —

Franziska. Na, ich hab' ja die Sache diesmal noch wieder
15 eingerenkt,[2] so daß die Herren wenigstens im Guten weg=
gegangen sind —

Frau Schwartze. Ja? — Ich dank' dir schön, Fränzchen,
tausendmal!

Franziska. Ja, dazu ist man gut genug, Gänge zu gehen[3]
20 und Aschenbrödel[4] zu spielen ... Aber wenn es heißt, zur
Familie gehören,[5] eine alte, liebe Tante mit ihrem liebevollen
Herzen —

Marie. Wer hat dich gekränkt, Tante Fränzchen?

Franziska. Ja, jetzt kommst du! Aber vorhin, als ich so
25 bewegt war, da hat sich keiner um mich gekümmert. Ja, die

Kaution[1] zu zahlen, damit das gnädige Fräulein heiraten können,[2] dazu ist man genug —

Marie. Tante Fränzchen!

Franziska. Aber so lang ich lebe —

Frau Schwartze. Wovon sprecht ihr denn? 5

Franziska. Wir wissen schon, wir beide. Und heute. Wer hat euch eure Tochter gebracht?

Frau Schwartze. Noch ist sie ja nicht —

Franziska. Ich hab' euch eure Tochter gebracht. Und wer hat mir schon dafür gedankt? Und daß ich ihr verziehen habe, 10 wer hat das anerkannt? Denn ich h a b' ihr verziehen, (weinend) ich hab' ihr alles — — —

Vierte Szene.
Die Vorigen. Therese (sehr aufgeregt).

Marie. Was ist Ihnen, Therese?

Therese. Ich hab' solche Bange,[2] gnädiges Fräuleinchen.

Marie (ängstlich). Was ist? 15

Therese. Der Wagen.

Marie. Welcher Wagen?

Therese. Der von gestern abend.

Marie. Ist da? Ist da? (Läuft zum Fenster.) Mama, Mama, komm, sie ist da, — der Wagen — — 20

Frau Schwartze. Wahrhaftig, da steht ein Wagen!

Marie (an die Tür links pochend.) Papa, Papa! Komm rasch, erbarme dich, komm rasch!

(Therese auf einen Wink Franziskas ab.)

Fünfte Szene.

Franziska. Marie. Frau Schwarze. Schwarze.

Schwartze. Was gibt es?

Marie. Magda — der Wagen!

Schwartze. Um Gottes willen! (Eilt ans Fenster.)

Marie. Sieh — sieh — wie hoch sie sich aufrichtet! —
5 Wie sie ins Fenster sehn will! (Die Hände faltend.) Papa! Papa!

Schwartze. Was willst du damit sagen?

Marie (verschüchtert). Ich — nichts! ..

Schwartze. Willst du damit vielleicht sagen, du Ding:[1] Sie
hat vor deiner Tür gestanden und du hast ihr nicht zugerufen:
10 Komm 'rein[2] —? hä?

Marie. Ja, das will ich sagen! Das will ich sagen!

Schwartze. Hör mal, Alte, sie steht vor unsrer Türe.
Wollen wir auch mal unsern Stolz ... wie wär's — was? —
holen wir sie?

15 **Frau Schwartze.** Ach, Leopold, da sie so hochgeehrt ist,
könnten wir wohl —

Marie (aufschreiend). Sie fährt!

Schwartze. Nein, nein, sie fährt nicht ... Komm, wir
bringen sie ihr.

20 **Franziska.** Ach ja — bringt sie mir auch.

(Schwartze und Frau Schwartze ab.)

Sechste Szene.

Marie. Franziska.

Marie. Sie hat sich niedergesetzt! Möcht' doch der Wagen bloß nicht![1] Das dauert — dauert!! — Sie müssen doch schon unten sein. (Angstvoll.) Da — da — (außer sich rufend.) Nicht wegfahren — Magda — Magda, nicht!...

Franziska. Schrei doch nicht so! Was ist los?   5

Marie. Sie sieht sich um! Sie hat sie gesehn! Sie läßt halten! Sie reißt den Schlag[2] auf. Sie springt heraus! Jetzt! jetzt! Sie liegt Vater im Arm! (Verbirgt schluchzend ihr Gesicht.) Tante Fränzchen! Tante Fränzchen!

Franziska. Ja, was sollte der Vater nu[3] wohl tun?... Von allein[4] — na! Aber da ich ihr nu mal verziehen hatte, kann er doch nicht — kann er doch nicht —

Marie. Sie geht zwischen Vater und Mutter! — Ach, wie hoch ist ihre Gestalt!... Sie kommt, sie kommt!... Wie werd' ich schlichtes, dummes Ding vor ihr bestehn[5]... — Ich 15 hab' solche Angst! Solche Angst! (Flieht nach der Wand links.)

(Pause.)

(Draußen die Stimmen Magdas und der Eltern.)

Siebente Szene.

Die Vorigen. Magdalene. Schwartze. Frau Schwartze.

Magda (in glänzendem Gesellschaftskostüm, einen weiten Mantel darüber — einen spanischen Schleier über das Haar geworfen — stürzt mit einem Aufschrei auf Marie los). Meine Mieze![6] Mein Kleines! Ach, wie ist mein Kleines groß geworden. — Mein Schoßkind — mein — ach! 20

(Sie stürmisch küssend.) Aber was ist das? Du taumelst ja! Komm, setz dich! Nein, nein, bitte, setzen! Auf der Stelle! Ich will! (Führt Marie zu einem Sessel.) Die lieben Hände! Die lieben Hände! (Kniet vor ihr nieder, küßt und streichelt die Hände.) Und so hart! Und so
5 zerstochen! Und blaß ist mein Liebling! Hat Ringe um die Augen!

Schwartze (ihr leise die Hand auf die Schulter legend). Magda, wir andern sind auch da.

Magda. Ja so — ich bin ganz — (Aufstehend, innig.) Mein
10 lieber alter Papa! Ach Gott, wie bist du weiß geworden! Mein lieber Papa! (Seine Hand erfassend.) Mein lieber — Aber was hast du mit deiner Hand? Die zittert ja!

Schwartze. Nichts, mein Kind. Frag nicht danach.

Magda. Hm! — Und schön geworden bist du auf deine
15 alten Tage. Ich kann mich gar nicht satt sehn! Ich werde ganz übermütig werden mit einem so schönen Papa. (Auf Marie weisend.) Die müßt ihr aber besser pflegen... Sie sieht ja aus wie Milchglas[1]... Du, nimmst du Eisen? Was? Nein, du solltest Eisen nehmen! Oder aber — (zärtlich) na,
20 wir reden ja noch! — Kinder, denkt euch, ich bin zu Hause! Das ist ja wie ein Märchen. Ja, das war eine herrliche Idee von dir, mich heraufzuholen ohne Aussprache — senza complimenti,[2] denn über die Kindereien von damals sind wir doch alle lang hinausgewachsen. — Was, Papachen?

25 **Schwartze.** Hm, Kindereien?

Magda. Ich wär' auch wahrhaftig von dannen gefahren. So schlecht kann man sein. — Aber das müßt ihr mir doch zugestehn: Gekratzt hab' ich an der Schwelle — ganz leise — ganz bescheiden, wie unsre Lady,[3] wenn sie sich rumgetrieben hatte. Ja, was macht denn Lady? — Ihr Platz ist ja leer! Wo steckt sie?[1] (Lacht.)

Frau Schwartze. Ach, die ist seit sieben Jahren tot!

Magda. Ah, povera bestia[2] ... Ja, ja, ich vergaß! Und Mama! Ja, mammina![3] Dich hab' ich ja noch gar nicht an= 5 gesehn... Wie nett du geworden bist! Damals war noch ein bißchen verspätete Jugend an dir hängen geblieben ... die kleidete dich nicht.[4] Aber jetzt bist du ein liebes, altes Frau= chen. Man bekommt Lust, den Kopf ganz still in deinen Schoß zu legen. Das werd' ich auch. Das wird mir sehr 10 gut tun ... Du, damals haben wir uns manches schöne Mal gezankt. Ach, was war ich für ein widerborstiges kleines Vieh![5] Na, und du standst auch deinen Mann.[6] Aber nun wollen wir eine Friedenspfeife miteinander rauchen — hä?

Frau Schwartze. Geh, du scherzest mit mir, Magda. 15

Magda. Soll ich nicht? Darf ich nicht? Doch, doch, doch! Es ist ja lauter Liebe, lauter Liebe! Wollen nichts als uns lieb haben. Wollen gut Freund sein — was?

Franziska (die schon lange versucht hat, sich bemerkbar zu machen). Und wir auch, nicht wahr, meine teure Magda? 20

Magda. Tiens, tiens![7] (Beäugelt sie prüfend durch ihre Lorgnette.) Da sind wir ja auch noch ... Immer mobil? Immer noch Mittelpunkt der Familie?

Franziska. O das —

Magda. Na, reichen wir uns mal flott[8] die Hände. So! 25 — Zwar ausstehn hab' ich dich nie können. Werd's auch nicht lernen. Das liegt uns so im Blute — hä?

Franziska. Und ich hatte dir schon alles verziehn.

Magda. Ah? Diese Seelengröße hätt' ich — —. Und

gleich alles verzeihst du — in Bausch und Bogen?[1] ... Auch
daß du die Mutter gegen mich aufhetzest, noch eh' sie ins Haus
getreten war? Daß du dem Vater — (Sich mit der Faust auf den
Mund klopfend.)   Meglio tacere![2] meglio tacere!

5   Marie (die ihr ins Wort fällt).[3]   Um Gottes willen, Magda!

Magda. Nein, mein Liebling — nichts, kein Wort!

Franziska. Sie hat ein Auftreten![4]

Magda. Und nun laßt mich mal Umschau halten! Mein
Gott, alles, wie es war! Kein Stäubchen hat sich gerührt!

10   Frau Schwartze. Ich muß sehr bitten, Magda, du wirst kein
Stäubchen finden.

Magda. Das glaub' ich, mammina. So war's auch nicht
gemeint. Zwölf Jahre! Ohne Spur ... Ja, hab' ich denn
das alles inzwischen bloß geträumt?

15   Schwartze. Du wirst uns viel zu erzählen haben, Magda.

Magda (auffahrend). Wie? Na, wollen ja sehn ... Wollen ja
sehn. Jetzt möcht' ich gern — ja, was möcht' ich gern? ...
Einen Augenblick still sitzen möcht' ich ... Das ist alles so über
mich gekommen[5] ... Wenn ich bedenke ... Von jenem Fenster
20 bis zu dieser Tür ... Von diesem Tisch da bis zum Kleider=
winkel[6] oben — das war einstmals meine Welt.

Schwartze. Eine Welt, mein Kind, über die man nie hinaus=
wächst, nie hinauswachsen darf — das hast du dir doch immer
gegenwärtig gehalten?

25   Magda. Wie meinst du das? — Und was für ein — Ge=
sicht machst du dazu? Ja so — ja. Das war eine Frage zur
rechten Zeit! War ich ein Dummkopf! Ach, war ich ein Dumm=
kopf! Mein guter, alter Papa, das wird leider eine kurze
Freude werden.

Frau Schwartze. Warum?

Magda. Ja, was denkt ihr von mir? Glaubt ihr, ich bin so frei, wie ich aussehe? Eine ganz müde, abgehetzte Magd[1] bin ich, die nur glücklich ist, wenn ihr die Peitsche im Nacken sitzt.[2]   5

Schwartze. Wessen Magd? Welche Peitsche?

Magda. Das läßt sich nicht so sagen, lieber Vater. Ihr kennt meine Art zu leben nicht ... Ihr würdet sie wahrscheinlich auch nicht verstehn. Kurz, jeder Tag, jede Stunde hat ihre Bestimmung weit voraus ... Ja ... und — jetzt muß ich 10 ins Hotel zurück.

Marie. Nein, Magda, nein.

Magda. Ja, Mieze, ja ... da sitzen schon lange sechs, sieben Menschen und wollen Audienz. Aber weißt du was, Mi,[3] ich pumpe dich mir aus für diese Nacht[4] ... Nicht wahr, sie darf 15 doch bei mir schlafen?

Schwartze. Natürlich! Oder wie meinst du — wo schlafen?

Magda. Im Hotel!

Schwartze. Was? Du willst nicht bei uns wohnen? Die Schande willst du uns machen? ...   20

Magda. Wo denkt ihr hin? Ich habe ja einen ganzen Hofstaat[5] bei mir.

Schwartze. Für diesen Hofstaat, wie du sagst, wird in deinem Elternhause wohl auch noch Platz sein.

Magda. Wer weiß? Denn er ist etwas bunt ... Da ist 25 erstens Bobo, mein Papagei, ein süßes Vieh — der wär' nicht schlimm ... dann meine Kammerkatze[6] Giulietta, ein kleiner Satan — kann aber gar nicht ohne sie leben ... dann mein Kurier[7] — das ist ein Tyrann und der Schrecken aller

Hotelwirte ... Na, und dann nicht zu vergessen der gestrenge Herr, mein Gesangsmeister.

Franziska. Das ist hoffentlich ein ganz alter Mann.

Magda. Nein, aber ein ganz junger Mann.

5 **Schwartze** (nach einem Schweigen). Dann hast du noch eins — deine dame d'honneur[1] — vergessen.

Magda. Welche dame d'honneur?

Schwartze. Du kannst doch nicht mit einem jungen Manne von Land zu Land reisen, ohne —

10 **Magda.** Ah, das beunruhigt euch? — Ich kann, seid unbesorgt, ich kann. In meiner Welt schert man sich um solche Dinge nicht.

Schwartze. Was ist das für eine Welt?

Magda. Die Welt, die ich beherrsche, lieber Vater. — Eine
15 andre kann ich nicht brauchen. Was ich tue, schickt sich dort, weil ich es tue.

Schwartze. Das ist freilich eine beneidenswerte Stellung. Aber du bist noch jung. Es wird Lagen geben, wo du eine Autorität — kurz, wessen Rate folgst du bei deinen Handlungen?

20 **Magda.** Es hat niemand das Recht, mir zu raten, lieber Papa.

Schwartze. Nun, mein Kind, von heute ab nimmt dein alter Vater dies Recht wieder für sich in Anspruch! (Hinausrufend.) Therese! (Theresens Stimme: Ja, Herr Oberstlleutenant.) Gehn Sie ins
25 Deutsche Haus und tragen Sie die Sachen des Fräulein —

Magda (bittend). Verzeih, lieber Vater, du vergißt, daß dazu ja meine Befehle nötig sind.

Schwartze. Wie? ... Ja, es scheint mir, das vergaß ich ... Zieh also in Frieden, meine Tochter.

Marie. Magda! — ach, Magda!

Magda (ihren Mantel nehmend). Hab Geduld, mein Liebling, wir reden noch unter vier Augen.[1] Und morgen kommt ihr zu mir zum Frühstück — gelt?[2] Da schwatzen wir noch mal und haben uns lieb. 5

Frau Schwartze. Wir sollen zu dir?

Magda. Es ist mir lieber,[3] ich hab' euch in meinen vier Wänden.

Schwartze. Die vier Wände eines Hotels.

Magda. Ja, lieber Papa, eine andre Heimat hab' ich nicht. 10

Schwartze. Und dieses hier?

Marie. Siehst du nicht, wie er gekränkt ist?

Achte Szene.
Die Vorigen. Der Pfarrer.

Pfarrer (tritt ein, stutzt und zwingt seine Bewegung herunter).

Magda (ihn lorgnettierend). Auch der! Schau, schau!

Frau Schwartze. Denken Sie! Sie will schon wieder fort. 15

Pfarrer. Ich weiß nicht, ob ich — dem gnädigen Fräulein noch bekannt bin.

Magda (höhnisch). Sie unterschätzen sich, Herr Pfarrer. Und da ich Sie alle nun wiedergesehen habe — (hängt ihren Mantel um).

Schwartze (rasch, leise). Sie müssen Sie halten. 20

Pfarrer. Ich? — Wenn Sie machtlos sind, wie soll —

Schwartze. Versuchen!

Pfarrer (sich bezwingend — befangen). Verzeihen Sie, mein gnädiges Fräulein, es scheint wohl zudringlich von mir — wenn ich — wollen Sie mir eine Unterredung von wenigen Minu- 25 ten schenken?

Magda. Was sollten wir beide uns wohl zu sagen haben, mein verehrter Herr Pfarrer?

Frau Schwartze. Ach ja, tu es. — Er weiß ja alles am besten.

5   **Magda** (ironisch). Ah?

Marie. Ich werde dich vielleicht nie mehr um etwas bitten, aber dies eine tu mir zuliebe!

Magda (streichelt sie und blickt dann überlegend von einem zum andern). Na, weil das Kind so schön zu bitten weiß! — Herr Pfarrer, 10 ich stehe zu Diensten.

Marie (dankt ihr stumm).

Franziska (leise zu Frau Schwartze). Jetzt wird er ihr ins Gewissen reden.[1] Komm!

Schwartze. Sie waren damals der Grund, daß ich sie aus 15 dem Hause schickte, Sie stehn mir heute dafür,[2] daß sie bleibt.

Pfarrer (macht eine Geberde des Zweifels an sich).[3]

Schwartze. Marie!

Marie. Ja, Papa.

(Alle ab.)

Neunte Szene.

Der Pfarrer. Magda.

Magda (setzt sich und beäugelt ihn durch ihre Lorgnette). Hier also ist 20 ein Mann, der es unternimmt, durch eine Unterredung von wenigen Minuten meinen Willen kurz und klein zu bre= chen[4]... Und daß man Ihnen dergleichen zutraut, beweist mir, daß Sie ein König sind in Ihrem Reiche. Ich neige h. — Und nun lassen Sie mal Ihre Künste spielen.

Pfarrer. Mein Fräulein, auf Künste versteh' ich mich nicht. Und würde mir auch nicht erlauben — Ihnen..... Wenn man mir hier einiges Vertrauen schenkt, so geschieht das, weil man weiß, daß ich nie etwas für mich selbst verlange.

Magda (höhnisch). Das war wohl schon immer so? 5

.**Pfarrer.** Nein, mein Fräulein. Ich habe einmal in meinem Leben einen großen und innigen Wunsch gehabt... Der war, Sie zum Weibe zu besitzen. Ich brauche Sie nur anzusehen und dann mich, um zu wissen, daß er eine Vermessenheit war... Seitdem hab' ich mir das Wünschen abgewöhnt. 10

Magda. Ei, ei, Herr Pfarrer, ich glaube, Sie machen mir den Hof.

Pfarrer. Mein Fräulein, wenn es nicht unhöflich wäre —

Magda. O, ein Seelenhirte darf selbst unhöflich sein!

Pfarrer. Ich würde Sie alsdann wegen des Umgangs be- 15 klagen, den Sie da draußen gehabt haben.

Magda (in spöttischer Überlegenheit). So? Was wissen Sie denn von meinem Umgang?

Pfarrer. Ich glaube, er hat Sie verlernen lassen, daß ernste Menschen ernst zu nehmen sind. 20

Magda. Ah! (Aufstehend.) Nun, dann werd' ich Sie ernst nehmen und Ihnen sagen, daß Sie mir immer unleidlich gewesen sind, Sie mit Ihrer gut gespielten Einfachheit, Ihrer elegischen Milde und Ihrer — ... Seitdem Sie sich aber herabließen, Ihr Auge auf mich dummes Ding zu wer- 25 fen und mich mit Ihrer Werbung aus dem Hause trieben, seitdem hasse ich Sie.

Pfarrer. Mir scheint vielmehr, ich bin auf diese Weise doch der Anlaß zu Ihrer Größe geworden.

Magda. Da haben Sie freilich recht. Hier wär' ich verstaubt und vertrocknet[1]... Nein, nein — ich hasse Sie ja auch
nicht!... Warum sollt' ich Sie viel hassen? Das liegt ja
alles weit, weit hinter mir... Ach, wenn ihr wüßtet, wie
5 weit!... Ihr habt hier gesessen Tag für Tag in dieser lauen
Zimmerluft, die nach Lavendel, Tabak und Magentropfen
riecht... derweilen hab' ich mir den Sturm um die Nase
fegen lassen!... Wenn Sie, Herr Pfarrer, eine Ahnung
hätten, was das Leben im großen Stil, Betätigung aller
10 Kräfte, Auslosten jeder Schuld,[2] was In-die-Höhe-kommen
und Genießen heißt,[3] Sie würden sich selbst sehr komisch
finden in dieser priesterlichen Unterredung... Hahahaha! Ah,
Pardon... Ich glaube, seit zwölf Jahren ist solch ein Lachen
nicht mehr durch dieses ehrsame Haus gegangen... Denn
15 hier versteht ja keiner zu lachen! Versteht hier einer zu lachen
— hä?

Pfarrer. Nein. Leider nein.

Magda. Leider sagen Sie... Das klingt ganz treuherzig.
Aber wollt ihr es denn nicht so?

20 **Pfarrer.** Die meisten von uns können nicht, mein Fräulein.

Magda. Und die es könnten, denen ist das Lachen Sünde.
Na, Sie könnten doch. Was fehlt Ihnen? Sie brauchten
doch nicht mit dieser Leichenbittermiene[4] in die Welt zu
sehn... Sie haben doch sicherlich eine kleine blonde Frau
25 daheim, die fleißig Strümpfe stopft und ein halbes Dutzend
Krausköpfe drum herum. Das ist ja in den Pfarrhäusern so.

Pfarrer. Ich bin ledig geblieben, mein Fräulein.

Magda. Ah! — (Schweigen.) Habe ich Ihnen damals so
getan?

Pfarrer. Ach, lassen wir das lieber, mein Fräulein. —
Das ist ja lange her.

Magda (den Mantel fallen lassend). Und Ihr Beruf — bringt
der nicht Freuden genug?

Pfarrer. Gott sei Dank — ja... Aber wenn man ihn 5
recht ernst nimmt, so lebt man kein eignes Leben dabei[1] —
wenigstens ich kann es nicht... Man kann nicht so aufjubeln
im Vollgefühl seiner Persönlichkeit — so meinen Sie es doch?
— Und dann — ich blicke in mancherlei Herzen hinein — und
man sieht da zu viel Wunden, die man nicht heilen kann, um 10
jemals recht froh zu werden.

Magda. Ein merkwürdiger Mensch sind Sie... So was
kenn' ich nicht[2]... Wenn ich nur den Verdacht los würde, daß
Sie hier Pose stehn.[3]

Pfarrer. Wollen Sie mir, ehe Sie gehn, eine Frage 15
gestatten, mein Fräulein?

Magda. Bitte!

Pfarrer. Es ist vielleicht eine Stunde her, daß Sie Ihr
Heimatshaus betreten haben — nein, nicht einmal — so
lange hab' ich ja gar nicht auf Sie gewartet. 20

Magda. Auf mich? Sie? Wo?

Pfarrer. Im Korridor — vor Ihren Zimmern.

Magda. Was wollten Sie da?

Pfarrer. Mein Gang war unnütz, denn nun sind Sie ja
hier. 25

Magda. Wollen Sie damit sagen, Sie haben mich — holen
— — Sie, dem ich damals so viel... Wenn jemand ein
Interesse hatte, mich fern zu halten, so sind Sie es doch.

Pfarrer. Ja, sind Sie denn gewohnt, alles, was man um

Sie herum tut, als Ausfluß[1] irgend eines selbstsüchtigen
Interesses zu betrachten?

Magda. Natürlich.　Bin ja ebenso... (Von einem neuen Einfall
gefaßt.) Oder aber Sie — — nein, zu der Annahme bin ich
5 nicht berechtigt... (Ärgerlich.) Ach, das gibt's ja alles nicht[2]...
das sind ja Märchen... Kindergeschichten vom edlen Manne!
Nun, wie dem auch sei,[3] Herr Pfarrer, ich will Ihnen gestehn,
Sie gefallen mir jetzt viel, viel besser, als damals, da Sie mir,
— wie sagt man doch? — einen ehrenvollen Antrag machten.

10 **Pfarrer.** Hm!

Magda. Wenn Sie mir das doch wenigstens mit einem
Lächeln quittieren[4] möchten... Dieses steinerne Gesicht —
das wirkt ja unheimlich[5]... man ist ganz sconcertata[6]... Wie
sagt man? Je ne trouve pas le mot.[7]

15 **Pfarrer.** Verzeihung, mein Fräulein.　Darf ich mir jetzt
die Frage gestatten?

Magda. Mein Gott, was ist dieser heilige Mann wiß=
begierig.[8] Und, daß ich mit Ihnen kokettiere, das sehn Sie
wohl gar nicht.　Denn eines Mannes Schicksal gewesen zu
20 sein, das schmeichelt uns Frauen... dafür muß man dankbar
sein.　Sie sehn, derweilen bin ich bei den Künsten angelangt.
Also fragen Sie, fragen Sie!

Pfarrer. Warum — warum sind Sie heimgekommen?

Magda. Aha!

25 **Pfarrer.** Das Heimweh war es nicht?

Magda. Nein.　Na, vielleicht ein ganz klein... Ich will
Ihnen sagen: Als ich in Mailand[9] die Einladung bekam, bei
diesem Feste mitzuwirken — warum man mir die Ehre antat,
weiß ich nicht — da fing ein merkwürdiges Gefühl in mir zu

bohren¹ an — halb Neugier und halb Scheu — halb Wehmut und halb Trotz — das sagte mir: Geh heim — unerkannt — und stell dich im Dunkeln vor das Haus, in dem die väterliche Zuchtrute über dir geschwungen worden ist — siebzehn Jahre lang.   Da weide dich an dir!² Wenn sie dich aber doch er= 5 kennen, dann zeig ihnen, daß man auch abseits von ihrer engen Tugend was Echt's und Rechtes³ werden kann.

Pfarrer. Also doch nur Trotz?

Magda. Im Anfang — meinetwegen⁴... Schon auf dem Wege fühlte ich ein merkwürdiges Herzklopfen — wie einst= 10 mals, wenn ich meine Lektionen schlecht gelernt hatte... Und ich hatte immer schlecht gelernt... Als ich vor dem Hotel stand — dem Deutschen Hause — denken Sie nur — ach! — das Deutsche Haus, wo immer die inspizierenden Generale und die großen Sängerinnen abstiegen, da hatte ich wieder den 15 Riesenrespekt⁵ von ehemals, als wär' ich nicht würdig, den alten Kasten zu betreten... daß ich nun selber eine sogenannte große Sängerin geworden war, hatt' ich total vergessen... Von da an bin ich allabendlich⁶ um dieses Haus geschlichen — aber ganz weich — ganz demütig — immer zum Weinen 20 geneigt.

Pfarrer. Und trotzdem wollen Sie fort?

Magda. Ich muß!

Pfarrer. Aber —

Magda. Fragen Sie nicht.   Ich muß.   25

Pfarrer. Hat man Ihren Stolz verletzt? Ist so ein Wort wie Verzeihung überhaupt gefallen?⁷

Magda. Das fehlte noch⁸... Oder ja — doch die alte Schachtel⁹ zählt nicht.

Pfarrer. Was kann es also auf der Welt geben, was Sie nach einer Stunde wieder hinaustreibt?

Magda. Ich will Ihnen sagen. Ich fühl' es, seit der ersten Minute, daß ich hier bin: die väterliche Autorität streckt
5 schon wieder ihr Fangnetz nach mir aus, — und das Joch steht schon bereit, durch das ich kriechen soll.

Pfarrer. Aber hier ist doch kein Joch und kein Fangnetz. Sehn Sie doch nicht Gespenster... Hier gibt es nichts wie weitgeöffnete Arme, die bloß darauf warten, die verlorene
10 Tochter an die Brust zu ziehn.

Magda. ✗ O, ich bitte sehr![1] davon nichts... Ein Pendant zum verlorenen[2] Sohne will ich nicht liefern! — Käm' ich als Tochter, als verlorene Tochter wieder, dann ständ' ich nicht so da mit erhobenem Haupte, dann müßte ich im Vollbewußtsein
15 aller meiner Sünden hier im Staube vor euch rutschen. ✗ (In wachsender Erregung.) Und das will ich nicht... das kann ich nicht... (mit Größe) denn ich bin ich und darf mich nicht ver-lieren. — (Schmerzvoll.) Und darum hab' ich keine Heimat mehr, darum muß ich wieder fort, darum — — —

Zehnte Szene.

Die Vorigen. Frau Schwartze. (Dann) Marie.

20 **Pfarrer.** Still! Um Gottes willen.

Frau Schwartze. Ach Verzeihung, Herr Pfarrer — ich wollte nur hören[3] wegen des Abendbrots. (Bittend nach Magda hin, welche abgewandt, die Hände vors Gesicht geschlagen, dasitzt.) Wir haben nämlich gerade heute einen warmen Braten — Sie wissen ja, Herr Pfarrer, weil die Herren von der Preferencepartie[4] kommen sollten. — Nicht wahr, Magda, ob du nun weggehst oder nicht, einen Bissen könntest du doch in deinem Elternhause —

Pfarrer. Fragen Sie jetzt nicht, Frau Oberstlieutenant.[1]

Frau Schwartze. Ach, wenn ich störe ... ich dachte nur ...

Pfarrer. Später.   5

Marie (in der Tür erscheinend). Bleibt sie?

Magda (zuckt beim Klange der Stimme zusammen, ohne sich jedoch zu rühren).

Frau Schwartze. Pscht![2] (ab.)

Elfte Szene.

Magda. Der Pfarrer.

Pfarrer. Fräulein Magda, Sie haben keine Heimat mehr? — Haben Sie gehört — die alte Frau bettelt und lockt mit 10 dem Besten, was sie hat, wenn's auch nur ein Stück Fleisch ist? — Haben Sie gehört, wie Mariens Stimme in Tränen zitterte aus Furcht, daß es mir doch vielleicht nicht glücken würde? Die trauen mir viel zu, die glauben, ich brauche nur ein paar Worte zu sprechen. Die ahnen ja nicht,[3] wie macht= 15 los ich hier vor Ihnen steh'. Sehn Sie — hinter jener Tür da sitzen drei Menschen, die fiebern in Angst und in Liebe[4] ... Wenn Sie diese Schwelle überschreiten, so werden Sie damit jedem ein Stück Leben aus dem Leibe reißen ... Und Sie wollen behaupten, Sie hätten keine Heimat mehr?   20

Magda. Wenn ich eine habe, so ist sie nicht hier.

Pfarrer (betreten). Mag sein ... Und trotzdem dürfen Sie nicht fort. Ein paar Tage nur! Bloß um ihnen den Wahn nicht zu rauben, daß Sie hierher gehören. Das sind Sie ihnen doch schuldig!   25

Magda (schmerzvoll). Ich bin hier niemandem mehr etwas schuldig.

Pfarrer. Nein? Wirklich nicht... Ja, da muß ich Ihnen von einer Stunde erzählen... Das sind nun elf Jahre her...
5 Da wurde ich eines Tages eilig in dieses Haus gerufen, denn der Herr Oberstlieutenant wäre im Sterben.[1] Als ich kam, da lag er ganz steif und starr — und das Gesicht blau und verzerrt — ein Auge war ihm schon gebrochen — in dem andern flackerte noch ein bißchen Leben. Er wollte reden —
10 aber seine Lippen, die klatschten bloß noch aufeinander und lallten.[2] *d.... ...d*

Magda. Gott im Himmel, was war geschehen?

Pfarrer. Ja, was geschehen war?... Das werd' ich Ihnen sagen: Er hatte eben einen Brief bekommen, in dem seine
15 älteste Tochter sich loslöste von ihm.[3] *....... ...*

Magda. O, mein Gott!

Pfarrer. Es hat lange gedauert, bis sein Körper sich von dem Schlaganfall erholte. Nur ein Zittern im rechten Arm, das Sie vielleicht bemerkt haben, blieb davon zurück.

20 **Magda.** Also meine Schuld.

Pfarrer. Ach, wenn das alles wäre, Fräulein Magda! — Verzeihung, ich nannte Sie, wie ich Sie früher genannt habe... Es kam mir so in den Mund.[4]

Magda. Nennen Sie mich, wie Sie wollen. Aber weiter!

25 **Pfarrer.** Die notwendige Folge blieb nicht aus.[5] Als er den Abschied erhielt — er will den Grund nicht wahr haben[6] — reden Sie ihm ja nicht davon... da brach er auch geistig zusammen.

— ...a. Ja, ja, ja. Das ist alles meine Schuld!

Pfarrer. Sehn Sie, Fräulein Magda, da begann mein Werk. Wenn ich davon rede, so müssen Sie nicht denken, daß ich vor Ihnen prahlen will... Was würb' es mir auch nützen? Langsam hab' ich ihn geheilt und seine Seele wieder empor — (mit Geste) gehoben... Erst ließ ich ihn auf den Rosenstöcken die Raupen sammeln.[1]

Magda (entsetzt). Ah!

Pfarrer. Ja, so weit war er[2]... dann gab ich ihm Gelder zu verwalten und dann machte ich ihn zum Mitarbeiter an den Anstalten, deren Leitung mir anvertraut ist... da ist ein Hospital und Suppenanstalten und ein Siechenhaus,[3] und es gibt da immer viel zu tun. — So wurb' er denn wieder zum Menschen... Auch auf Ihre Stiefmutter hab' ich einzuwirken versucht — nicht weil ich nach Einfluß begierig war. Das glauben Sie mir vielleicht... Kurz die alte Spannung zwischen ihr und Marien ist allmählich gewichen, Liebe und Vertrauen sind im Hause eingekehrt.

Magda (ihn anstarrend). Und warum taten Sie das alles?

Pfarrer. Nun, erstens ist es ja mein Beruf, dann tat ich es um seinetwillen, denn ich hab' den alten Mann lieb, vor allem — aber — um — Ihretwillen.

Magda (weist in erschrockener Frage[4] auf sich.)

Pfarrer. Ja, um Ihretwillen, mein Fräulein. Denn ich überlegte mir: Es wird der Tag kommen, daß sie heimkehren wird. Vielleicht als Siegerin — — vielleicht aber auch als Besiegte, zerbrochen, geschändet an Leib und Seele... Verzeihen Sie mir diesen Gedanken, aber ich wußte ja nichts von Ihnen... In einem wie im andern Fall sollten Sie die Heimat für sich bereitet finden. — Das war mein Werk, das

Werk langer Jahre ... Und nun fleh' ich Sie an, zerstören Sie es nicht ... Tun Sie's nicht!

Magda (schmerzgequält). Wenn Sie wüßten, was hinter mir liegt, Sie würden mich nicht zu halten suchen.

5 **Pfarrer.** Das liegt da draußen.[1] Und hier ist die Heimat. Laffen Sie es. Vergeffen Sie es.

Magda. Wie kann ich vergeffen? Wie darf ich?

Pfarrer. Warum wehren Sie sich noch, während alles jubelnd die Hände nach Ihnen ausstreckt? ... Es ist ja nichts 10 Schlimmes dabei.[2] Haben Sie doch das bißchen Mut zur Liebe, da alles ringsum von Liebe für Sie überströmt!

Magda (weinend). Sie machen mich wieder zum Kinde!
(Pause.)

Pfarrer. Und nicht wahr, Sie bleiben?

Magda (auffpringend). Aber man soll mich nicht fragen.

15 **Pfarrer.** Was soll man nicht fragen?

Magda (angstvoll). Was ich da draußen erlebt habe. Man würde es nicht verstehn. Niemand. Auch Sie nicht.

Pfarrer. Gut — also auch nicht.[3]

Magda. Und Sie versprechen es mir — für sich — und für 20 jene da drin?

Pfarrer. Ob ich für jene — ja, ich kann's versprechen.

Magda (tonlos). Rufen Sie sie.

Zwölfte Szene.

Die Vorigen. Marie. (Dann) Frau Schwartze. Franziska. Schwartze.

Pfarrer (die Tür links öffnend). Sie bleibt.

Marie (stürzt aufjubelnd in Magdas Arme).

Frau Schwartze (umarmt sie gleichfalls).

Schwartze. Das war deine Schuldigkeit, mein Kind.

Magda. Ja, Vater! (Faßt vorsichtig mit beiden Händen seine rechte 5 Hand und führt sie inbrünstig an ihre Lippen.)

Franziska. Na, Gott sei Dank! Nun können wir auch endlich Abendbrot essen! (Öffnet die Schiebetür zum Speisezimmer. Man sieht den gedeckten Abendbrottisch, von der grünumschirmten[1] Hängelampe hell erleuchtet.)

Magda (im Schauen versunken). Ach, seht mal da! Noch die liebe 10 alte Lampe!

(Die Frauen gehen langsam nach hinten.)

Schwartze (die Hände ausstreckend). Na, hören Sie, das war Ihr größtes Werk, Pfarrer!

Pfarrer. Ach, ich bitte Sie! Und es ist auch eine Bedingung dabei.   15

Schwartze. Bedingung?

Pfarrer. Wir dürfen nicht fragen, was sie erlebt hat.

Schwartze (entsetzt). Was? Was? Ich — soll — nicht —?

Pfarrer. Nein, nein — nicht fragen, nicht fragen, sonst — — — (Von dem neuen Gedanken gepackt.) Sie wird es — selbst gestehn!   20

(Der Vorhang fällt.)

Dritter Akt.

(Dieselbe Szenerie. Auf dem Tische links Kaffeezeug und Blumen. Vormittagsstimmung.¹)

Erste Szene.

Frau Schwarze. Franziska. (Später) Therese.

Frau Schwarze (aufgeregt). Gott sei Dank, daß du kommst. Das ist heute morgen ein Trara.²

Franziska. So, so! Aha!

Frau Schwarze. Denk dir, da sind zwei Menschen aus dem
5 Hotel gekommen. Ein Herr — sieht aus wie ein Fürst — und ein Fräulein wie eine Prinzessin. Das sind ihre Bedienten.

Franziska. So ein Aufwand!

Frau Schwarze. Und die reden und schreien im ganzen
10 Haus — und beide können kein Deutsch — und kein Mensch versteht sie — und sie reden und reden und reden ... Und die Mamsell³ hat kommandiert: ein warmes Bad — das war nicht warm genug — und eine kalte Dusche, die war nicht kalt genug — und Spiritus, den goß sie einfach durch's Fen-
15 ster — und Toilettenessig — den gibt's gar nicht.⁴

Franziska. Solche Ansprüche! — Und wo ist denn eure berühmte Tochter?

54

Frau Schwartze. Die ist nach dem Bade noch einmal ins Bett gegangen.

Franziska. Solche Liederlichkeit würd' ich nicht leiden in meinem Hause.

Frau Schwartze. Ich muß es ihr auch sagen! Schon wegen[1]   5
Leopold! (Therese tritt ein.) Was willst du, Therese?

Therese. Der Herr Regierungsrat von Keller — der hat seinen Diener hergeschickt und läßt fragen,[2] ob der Herr Lieutenant schon dagewesen ist, und was das gnädige Fräulein auf die Bestellung geantwortet hat.   10

Frau Schwartze. Welches gnädige Fräulein?

Therese. Ja, das weiß ich nicht.

Frau Schwartze. Dann sagen Sie nur, wir lassen schön grüßen,[3] und der Herr Lieutenant wäre noch nicht dagewesen.

Franziska. Er hat bis zwölf Uhr Dienst. Hernach wird 15
er wohl kommen.

Therese (ab; während sie die Tür öffnet, hört man im Korridor ein Lärmen— eine Männer- und eine Frauenstimme, die in italienischen Lauten miteinander streiten.)

Frau Schwartze. Nu hör bloß.[4] (Zur Tür hinaussprechend.) War= 20
ten Sie doch nur! Ihre Signora[5] wird ja schon kommen!
Wird ja schon kommen! (Schließt die Tür.) Ach! (Zurückkehrend.)
Und nun das Frühstück! — Was denkst du wohl, was sie
trinkt?

Franziska. Na Kaffee!   25

Frau Schwartze. Nein.

Franziska. Also Tee?

Frau Schwartze. Nein...

Franziska. Am Ende gar Schokolade?

Frau Schwartze. Nein — aber Kaffee und Schokolade zusammengerührt.

Franziska (entsetzt.) Das ist... Aber gut muß es schmecken.

Frau Schwartze. Und gestern sind noch ein halbes Dutzend
5 Koffer aus dem Hotel gekommen. Und ebensoviel sind noch
dort — — Ach, was da alles drin war! Ein Koffer allein für
die Hüte! Und Pudermäntel ganz von echten Spitzen¹ —
und durchbrochene² Strümpfe mit Goldstickerei und — (leiser)
seidene Hemden.

10 **Franziska.** Was? Seidene — — ?

Frau Schwartze. Ja!

Franziska (die Hände über dem Kopf zusammenschlagend). Das ist ja
Sünde!

Zweite Szene.
Die Vorigen. Magda.

Magda (in glänzender Morgentoilette — spricht hinaus, indem sie die Tür
15 öffnet). Ma che cosa volete voi? Perchè non aspettate,
finchè vi commando?³... Hä?

Frau Schwartze. Jetzt kriegen die ihr Teil.

Magda (erzürnt). No, no — è tempo!⁴ (Die Tür zuschlagend, für
sich.) Va — bruto!⁵ Guten Morgen, Mamachen! (Faßt sie.)
20 Langschläferin⁶ bin ich — was? Ah, guten Morgen, Tante
Fränzchen. Gut gelaunt — hä? — Ich auch.

Frau Schwartze. Was wollte der fremde Herr, Magda?

Magda. Ach das dumme Tier! Wissen, wann ich abreise,
will das Tier. Wie kann ich das wissen? (Sie streichelnd.) Nicht
25 wahr, mamma mia?⁷... Ach, Kinder, geschlafen hab' ich —
das Ohr aufs Kissen und weg — wie geköpft! — Und die

Dusche heut' war so schön eisig. — Eine Kraft hab' ich[1] —
Allons cousine[2] — hopp! (Faßt Franziska um die Taille und wirft sie in
die Höhe.)

Franziska (wütend). Aber was erl—[3]

Magda (hochmütig verwundert). Hä?   5

Franziska (katzenfreundlich). Du bist so scherzhaft!

Magda. Wer weiß? (In die Hände klatschend.) Frühstück!

Dritte Szene.

Die Vorigen. Marie.

Marie (ein Tablett[4] mit Kaffeezeug tragend). Guten Morgen!

Franziska. Guten Morgen, mein Kind.

Magda. Ich sterbe vor Hunger — haaa! (Klopft sich auf den   10
Magen).

Marie (küßt Franziska die Hand).

Magda (den Deckel abhebend, freudig). Famos[5] — ah! Man merkt,
Giulietta hat Wirtschaft geführt.[6]

Franziska. Wenigstens Lärm genug hat sie gemacht.   15

Magda. Schadet nichts! Ein guter Skandal ist schon die
halbe Morgensonne.[7] Und wenn sie's zu toll treibt,[8] werft
ihr nur ruhig einen Teller oder so was an den Kopf... das
ist sie schon gewöhnt. Wo steckt Papa?

Frau Schwartze. Er macht eine Entschuldigungsvisite bei   20
den Herrschaften des Komitees.[9]

Magda. Besteht euer halbes Leben immer noch aus Ent-
schuldigungen? Was ist denn das für ein Komitee?

Frau Schwartze. Es ist der christliche Hilfsverein.[10] Der
sollte heute vormittag in unserem Hause eine Sitzung haben. 25

Nun haben wir uns gedacht, es wäre doch unpassend, wenn
wir die Herrschaften gerade heute herkommen ließen. Es
sähe so aus, als wenn wir dich präsentieren wollten.

Franziska. Aber Auguste! Jetzt sieht es doch so aus, als
5 ob euch eure Tochter wichtiger ist —

Magda. Na ich hoffe, das ist sie auch.

Frau Schwartze. Gewiß! Ja! aber — o Gott! — du weißt
ja gar nicht, was das für Leute sind: Die verlangen die
strengsten Rücksichten.¹ — Da ist zum Beispiel die Frau
10 Generalin² von Klebs. (Stolz.) Mit denen verkehren wir.

Magda (mit geheucheltem Respekt). So! Ah!

Frau Schwartze. Nun werden sie ja wohl morgen kommen.
Da wirst du neben der Frau Generalin noch einige andre
vornehme und gottesfürchtige Damen kennen lernen, deren
15 Umgang uns sehr viel Ansehn verschafft hat. Ich bin doch
neugierig, wie du ihnen gefallen wirst.

Magda. Wie sie mir gefallen werden, willst du sagen.

Frau Schwartze. Ja — das heißt — — — Aber wir
schwatzen und schwatzen —

20 **Marie** (aufstehend). Ah verzeih, Mamachen.

Magda. Nein, du bleibst hier.

Frau Schwartze. Ja, Magda, und deine Koffer im Hotel.
Ich habe ewig Angst, daß da was wegkommt.³

Magda. Laßt sie doch holen, Kinder.

25 **Franziska** (leise zu Frau Schwartze). Du, Auguste, jetzt werd' ich
sie ins Gebet nehmen.⁴ Da paß mal auf.

(Frau Schwartze ab.)

Franziska (sich setzend, wichtig). Und nun, meine liebe Magda,
wirst du deiner alten Tante mal ausführlich erzählen. —

Magda. Hä?... Ach du,[1] Mama braucht so nötig Hilfe!
— Geh, geh! Mach dich nützlich!

Franziska (giftig). Wenn du befiehlst!

Magda. Ich habe nur zu bitten.

Franziska (aufstehend). Aber du bittest etwas energisch, finde ich. [5]

Magda (lächelnd). Jawohl.

(Franziska wütend ab.)

Vierte Szene.

Magda. Marie.

Marie. Aber Magda!

Magda. Ja, mein Herz! So bin ich durch die Welt gekommen. — Biegen oder brechen; das heißt, ich bieg' mich
nicht. Mach's ebenso![2]   [10]

Marie. Ach, du mein lieber Gott!

Magda. Armes Kind! Ja, ja, in diesem Hause verlernt
man dergleichen.[3] Hab' ich mich doch schon gestern schändlich
biegen müssen... Du — aber unser altes Mamachen da —
die ist ganz nett. (Nach dem Bilde der Mutter emporweisend, in ernstem [15]
Sinnen.) Und die da oben!... Besinnst du dich auf sie?

Marie (schüttelt den Kopf).

Magda (sinnend). Starb zu früh!... Wo bleibt Papa? Mir
ist bange nach ihm! Und bange vor ihm... Jetzt, mein Kindchen, jetzt wird gebeichtet.   [20]

Marie. Ich kann nicht.

Magda. Zeig mir mal das Medaillon!

Marie (entschlossen). Da!

Magda (öffnend). Ein Lieutenant. Natürlich! Bei uns ist's
immer ein Tenor.[4]   [25]

Marie. Ach, Magda, das ist kein Scherz. Das ist mein Schicksal.

Magda. Wie nennt sich denn dieses Schicksal?

Marie. Vetter Max ist's.

5 **Magda** (pfeift). Warum heiratest du denn den guten Jungen nicht?

Marie. Tante Fränzchen wünscht eine bessere Partie[1] für ihn und gibt ihm darum die Kautionssumme[2] nicht, die er haben muß. Solche Abscheulichkeit!

10 **Magda.** Si. C'est bête ça![3] Und wie lange liebt ihr einander?

Marie. Ach, das ist schon gar nicht mehr wahr.[4]

Magda. Und wie trefft ihr euch?

Marie. Hier im Hause.

15 **Magda.** Ich meine — abseits — unter vier Augen.

Marie. Wir haben keine Heimlichkeiten miteinander. Ich glaube, diese Rücksicht ist man sich und seiner Würde schuldig.

Magda. Komm mal her... Ganz dicht... Sag mal aufrichtig... Ist dir nie der Gedanke gekommen, diesen ganzen 20 Plunder von Rücksicht und Würde von dir abzuschütteln und mit dem geliebten Manne auf und davon zu gehn[5] — irgend wohin — ganz egal[6] — und wenn du dann still daliegst, an seine Brust geschmiegt, ein — Hohngelächter anzustimmen[7] über die ganze Welt, die hinter dir versunken ist?

25 **Marie.** Nein, Magda, solche Gedanken kommen mir nicht.

Magda. Aber sterben würdest du für ihn?

Marie (aufstehend und die Arme ausbreitend). Tausend Tode würd' ich für ihn sterben.

Magda. Mein armer Liebling! (Vor sich hin.) Alles machen sie zu nichte. Von der gewaltigsten aller Leidenschaften bleibt in ihrer Hand nichts übrig, als so ein blasses, entsagendes bißchen Sterben=wollen.[1]

Marie. Von wem sprichst du?

Magda. Nichts, nichts! Du — wieviel macht denn diese 5 sogenannte Kaution?

Marie. Sechzigtausend Mark.

Magda. Wann möchtest du heiraten? Muß es jetzt gleich sein, oder hat es bis Nachmittag Zeit?

Marie. Treib doch keinen Spott mit meinem Kummer.[2] 10

Magda. Wenigstens Zeit zum Depeschieren mußt du mir doch lassen. Man kann doch so viel Geld nicht immer bei sich tragen.

Marie (versteht langsam und sinkt dann mit dem jubelnden Aufschrei) Magda! (zu ihren Füßen nieder).

Magda (nach einem Schweigen). Werde glücklich — liebe deinen Mann! — Und wenn du dein Erstes[3] stolz auf deinen erhobenen Armen der Welt ins Gesicht hältst — (mit zorniger Emphase die Hände ausstreckend) so ins Gesicht! — dann denke an eine, die... Ach du glückseliges Menschenkind! (Erschreckend.) 20 Man kommt! Steh auf!

Fünfte Szene.

Die Vorigen. Der Pfarrer (mit einer Mappe).

Magda (ihm entgegengehend). Ah! Sie sind's. Das ist schön. Sie fehlten mir.

Pfarrer. Ich? — Wozu?

Magda. Nur so... Ich möcht' mit Ihnen schwatzen, Sie 25 heiliger Mann.

Pfarrer. Also es tut gut, Fräulein Magda, wieder in der Heimat sein?

Magda. O ja — bis auf die alten Tanten, die da rum-triechen.

5 **Marie** (die das Frühstückszeug zusammenräumt, erschrocken lachend). Ach Gott, Magda!

Pfarrer. Guten Morgen, Fräulein Mariechen.

Marie. Guten Morgen, Herr Pfarrer. (Mit der Tablette ab.)

Sechste Szene.

Magda. Der Pfarrer.

Pfarrer. Lieber Gott, wie sie strahlt!

10 **Magda.** Hat auch Ursache dazu!

Pfarrer. Ist Ihr Herr Vater nicht da?

Magda. Nein.

Pfarrer. Geht's ihm nicht gut?

Magda. Ich denke. Hab' ihn noch nicht gesehen. Gestern 15 saßen wir noch lange beisammen. Was man so erzählen kann, erzählt' ich. Aber ich glaube, er quält sich sehr. Seine Augen forschen immer und lauern. O, ich fürchte, Ihr Versprechen erfüllt sich schlecht.[1]

Pfarrer. Das klingt wie ein Vorwurf für mich. — Ich 20 hoffe, Sie bereuen nicht, daß —

Magda. Nein, mein Freund, ich bereue nicht. Aber es geht merkwürdig zu in mir.[2] Ich sitze wie in einem lauen Bade, so weich und warm ist mir. Das sogenannte deutsche Gemüt,[3] das spukt wieder, und ich hatt's mir schon so schön 25 abgewöhnt. Mein Herz das sieht aus wie eine Weihnachts-

mummer der Gartenlaube.[1] — Mondſchein, Verlobung, Lieu-
tenants und was weiß ich! Aber das Schöne dabei iſt:[2] Ich
weiß, ich ſpiele nur mit mir. Ich kann es wegwerfen, wie
ein Kind ſeine Puppen wegwirft, und bin wieder die Alte.

Pfarrer. Das wär' nicht gut für uns.   5

Magda. Ach, ich bitte Sie, quälen Sie mich nicht. Es iſt
ja alles wund und aufgewühlt in mir. Und dann hab' ich
eine Angſt —

Pfarrer. Wovor?

Magda. Ich durfte nicht... Gar nicht herkommen durft' 10
ich. Ich bin eine Einbrecherin.[3] (Leiſe, angſtvoll.) Es braucht
nur ein Geſpenſt von da draußen hier aufzutauchen, und dies
Idyll geht in Flammen auf.

Pfarrer (unterdrückt ein Zuſammenzucken des Erſchreckens).

Magda. Und eng iſt mir — eng — eng.[4] — Ich fange an, 15
Feigheiten zu begehn.[5] Denn ich muß mich künſtlich kleiner
machen als ich bin, je mehr ich dieſe Gefühle groß ziehe.[6]

Pfarrer. Schämen Sie ſich ihrer, Fräulein Magda? Der
Kindesliebe kann man ſich doch nicht ſchämen, denk' ich.

Magda. Kindesliebe? Ich möchte dieſen eisgrauen Kopf 20
am liebſten in meinen Schoß nehmen und ſagen: Du altes
Kind du. Und trotzdem muß ich mich ducken... Ich mich
ducken! Das bin ich nicht gewohnt. Denn in mir ſteckt ein
Hang zum Morden — zum Niederſingen.[7] — Ich ſinge ſo,
oder ich lebe ſo, denn beides iſt ein und dasſelbe — daß jeder 25
Menſch wollen muß wie ich. Ich zwing' ihn, ich kneble ihn,
daß er liebt und leidet und jauchzt und ſchluchzt wie ich. Und
wehe dem, der ſich da wehren will. Niederſingen — in
Grund und Boden ſingen,[8] bis er ein Sklave, ein Spielzeug

wird in meiner Hand.   Ich weiß, das ist dumm, aber Sie
verstehn schon, was ich meine.

Pfarrer. Das Aufprägen der eigenen Persönlichkeit, das
meinen Sie — nicht wahr?

5 **Magda.** Si, si, si, si![1] Ach, Ihnen möcht' ich alles sagen.
Sie sind gescheit, gescheit, — so einfältig Sie auch manchmal
scheinen.   Ihr Herz hat Fühlfäden[2] für andre Herzen und
umschlingt sie und zieht sie heran... Und Sie tun es nicht für
sich.   Ja, Sie wissen vielleicht gar nicht, wie mächtig Sie sind.
10 Und das ist schön, das ist tröstlich... Die Männer da draußen
sind Bestien, gleichviel ob man sie liebt oder haßt.   Aber Sie
sind ein Mensch.   Und man fühlt sich als Mensch in Ihrer
Nähe.   Sehn Sie, als Sie gestern hereinkamen, da schienen
Sie mir so klein. — Aber es wächst etwas aus Ihnen heraus
15 und wird immer größer, beinahe zu groß für mich.

Pfarrer. Du lieber Gott, was könnte das wohl sein?

Magda.   Wie soll ich's nennen — Selbsthingabe[3] —
Selbstentäußerung.   Es ist etwas mit Selbst — oder vielmehr das Gegenteil davon. — Das imponiert mir.   Und
20 darum könnten Sie viel aus mir machen.

Pfarrer. Wie das seltsam ist.

Magda. Was?

Pfarrer. Ich will's Ihnen gestehn... Es ist — es ist ja
Unsinn... Aber seit ich Sie gestern abend wiedersah, da ist
25 eine Art von Neid in mir erwacht, zu sein wie Sie.

Magda. Hahaha! Sie Mustermensch![4] Zu sein wie ich.

Pfarrer. Ja — ich — habe — vieles — abtöten müssen
in mir — in meiner Seele.   Mein Frieden, der ist wie der
eines Leichnams.   Und wie Sie gestern vor mir standen in

Ihrer Ursprünglichkeit, Ihrer naiven Kraft, Ihrer — Ihrer Größe, da sag' ich zu mir: Das ist das, was du vielleicht hättest werden können, wenn zur rechten Zeit die Freude in dein Leben getreten wäre.

Magda (flüsternd). Und noch eins, mein Freund: die Schuld. 5
Schuldig müssen wir werden, wenn wir wachsen wollen. Größer werden als unsre Sünde, das ist mehr wert als die Reinheit, die ihr predigt.

Pfarrer (betroffen). Das wäre Ihr —
(Draußen Stimmen.)

Magda (zuckt zusammen, lauscht). Scht! 10

Pfarrer. Was haben Sie?

Magda. Ach, es ist bloß die dumme Angst! — Nicht um meinetwillen, das glauben Sie mir — nur aus Mitleid für diese da. (Seine Hand umklammernd.) Aber Freunde bleiben wir?

Pfarrer. So lang Sie mich brauchen können, — 15

Magda. Und wenn ich Sie nicht mehr brauche?

Pfarrer. Für mich ändert das nichts, Fräulein Magda.
(Will gehen, trifft in der Tür mit Schwartze zusammen.)

Siebente Szene.
Die Vorigen. Schwartze.

Schwartze. Guten Morgen, mein lieber Pfarrer! Gehn Sie nur voraus in die Laube. Ich komme nach. (Pfarrer ab.)
Nun, hast du gut geschlafen, mein Kind? (Küßt sie auf die Stirn.) 20

Magda. Famos. In meiner alten Kammer fand sich auch mein alter Kinderschlaf.

Schwartze. Den hattest du verloren?

Magda. Nun, du nicht?

Schwarße. Man sagt, ein gutes Ge[1] — — — Komm zu
mir, mein Kind.

Magda. Gern, Papa.[*] — Nein, laß mich zu deinen Füßen
sißen. Da hab' ich deinen schönen weißen Bart dicht vor
5 mir. — Wenn ich ihn seh', muß ich immer an die Weihnachts=
nacht denken und an stille, eingeschneite Felder.

Schwarße. Mein Kind, du weißt deine Worte schön zu
sehen... Wenn du sprichst, glaubt man, ringsum Bilder zu
sehn. Hierorts[2] ist man nicht so gewandt... Dafür braucht
10 man auch hier nichts zu verheimlichen.[*]

Magda. Da wären wir also... Sprich dich ruhig aus,
Papa.

Schwarße. Ja, das muß ich... Du weißt sehr wohl, welche
Bedingung du dem Pfarrer für mich aufgetragen hast.

15 **Magda.** Die du halten wirst?

Schwarße. Was ich verspreche, pfleg' ich zu halten. Aber
siehst du, der Argwohn — ich kann machen, was ich will, aber
der Argwohn, der liegt wie ein Alp — —

Magda. Na, was argwöhnst du?

20 **Schwarße.** Das weiß ich nicht... Du bist ja wunder wie
herrlich[4] vor uns erschienen... Doch Prunk und weltliche
Ehre und — Gott weiß was! — blenden das Auge des Va=
ters nicht. Auch das warme Herz scheinst du dir ja bewahrt zu
haben. Das glaubt man wenigstens, wenn man dich sprechen
25 hört... Aber in deinem Auge, da ist was, was mir nicht ge=
fällt, und um die Mundwinkel herum, da sißt der Hohn.

Magda. Du lieber, guter, alter Papa!

Schwarße. Siehst du! Selbst diese Zärtlichkeit war nicht
die einer Tochter gegen ihren Vater. — Auf die Art tändelt

man mit einem Kinde, ob es nun jung ist oder alt ... Und
bin ich auch nur ein einfacher Soldat, lahm und verabschiedet,
deinen Respekt forbre ich mir heim, mein Kind.

Magda (aufstehend). Ich hab' ihn dir nie verweigert.

Schwartze. Das ist gut... Ah, das ist gut, meine Tochter... 5
Glaub mir, wir sind hier nicht so einfältig, wie es dir scheinen
mag. — Auch wir haben Augen zu sehn und Ohren zu hören,
daß der Geist des sittlichen Aufruhrs durch die Welt geht...
Die Saat, die in die Herzen fallen soll, fängt an zu faulen...
Was früher Sünde war, wird ihnen Gesetz... Sieh, mein 10
Kind, du gehst jetzt bald weg, — weg. — — Wohin? — Ich
weiß es nicht. — Ob du wiederkommen wirst? — Aber wenn
du wiederkommst, mich findest du im Grabe.

Magda. O nicht doch, Papa.

Schwartze. Nun, das steht in Gottes Hand. — Aber ich fleh' 15
dich an — komm her, mein Kind — ganz dicht — so! (er zieht
sie nieder und nimmt ihren Kopf zwischen seine Hände) ich fleh' dich an —
gib mir den Frieden für meine Sterbestunde. Sag mir, daß
du rein geblieben bist an Leib und Seele. Und dann zieh
gesegnet deines Wegs.[1]   20

Magda. Ich bin — mir treu geblieben, lieber Vater.

Schwartze. Worin? Im Guten oder Bösen?

Magda. In dem, was — für mich — das Gute war.

Schwartze (verständnislos). In dem, was — für dich —
das —?   25

Magda (aufstehend). Und nun quäl dich doch nicht länger!
Laß uns diese paar Tage still genießen... Sie werden ja
rasch genug zu Ende sein...

Schwartze (brütend). Ich möchte ja — ich möchte dich gern —

und ich hab' dich ja auch lieb mit dem ganzen Schmerz, den ich um dich ausgestanden hab' — jahrelang. (Drohend aufgerichtet.) Ich muß aber doch wissen, wer du bist.

Magda (abgewendet). Lieber Vater —

(Es klingelt.)

Achte Szene.

Die Vorigen. Frau Schwartze.

5 **Frau Schwartze** (hereinstürzend). Denkt euch,[1] die Damen des Komitees sind da! Sie wollen uns persönlich beglückwünschen. Was meinst du, Leopold, ob man ihnen etwas vorsetzen darf?[2]

Schwartze. Ich geh' in den Garten, Auguste.

10 **Frau Schwartze.** Um Gottes willen — die kommen doch gerade — du mußt doch die Gratulationen entgegennehmen.

Schwartze. Ich kann nicht — nein — das kann ich nicht! (Ab nach links.)

Frau Schwartze. Was hat der Vater?

Neunte Szene.

Magda. Frau Schwartze. Generalin von Klebs. Frau Landgerichtsdirektor[3] Ellrich. Frau Schumann. Franziska.

15 **Franziska** (die Tür öffnend). Belieben die Damen[4] —

Generalin (Frau Schwartze die Hand reichend). Welch ein glücklicher Tag für Sie, meine Liebe. Die ganze Stadt nimmt teil an dem freudigen Ereignis.

Frau Schwartze. Erlauben Sie: meine Tochter — Frau

Generalin von Klebs — Frau Gerichtsdirektor Ellrich — Frau Schumann.

Frau Schumann. Ich bin nur eine einfache Kaufmanns= frau,[1] aber —

Generalin. Mein Mann wird sich die Ehre geben, später — 5

Frau Schwartze. Wollen die Damen nicht Platz nehmen? (Man setzt sich.)

Franziska (mit Aplomb).[2] Ach, es ist wirklich ein freudiges Er= eignis für die ganze Familie.

Generalin (steif, doch nicht unfreundlich). Den Genüssen des Mu= 10 sikfestes stehn wir leider fern,[3] mein Fräulein. Ich muß mir daher versagen, Ihnen die Bewunderung, an die Sie wohl sehr gewöhnt sind, auszusprechen.

Frau Schumann. Hätten wir das geahnt, wir hätten uns gewiß Billets besorgt. 15

Generalin. Gedenken Sie längere Zeit hier zu verweilen?

Magda. Das weiß ich wirklich nicht, gnädige Frau — oder — Pardon! Exzellenz?[4]

Generalin. Ich muß bitten — nein.

Magda. O Verzeihung! 20

Generalin. O bitte![5]

Magda. Unsereins ist so sehr Wandervogel, gnädige Frau, daß es über die Zukunft niemals recht verfügen kann.

Frau Ellrich. Aber man muß doch sein trauliches Heim haben. 25

Magda. Wozu? Einen Beruf muß man haben. Das scheint mir genug.

Franziska. Nun, das ist wohl Ansichtssache,[6] liebe Magda.

Generalin. Mein Gott, wir stehn ja hier diesen Ideen

ziemlich fern, mein liebes Fräulein.   Es kommt ja von Zeit
zu Zeit eine Dame Vorträge halten, aber die guten Familien
machen sich damit nichts zu schaffen.

Magda (höflich). O, das kann ich verstehn.   Die guten Fa-
5 milien haben satt zu essen.

(Schweigen.)

Frau Ellrich. Aber Sie werden doch wenigstens eine Wohnung haben?

Magda. Was man so nennt: eine Schlafstelle.   Ja gewiß,
ich habe eine Villa am Comersee[1] und ein Landgut bei
10 Neapel.[2]

(Erstaunen.)

Frau Schwartze. Davon hast du uns ja gar nichts gesagt.

Magda. Ich kann ja nur selten Gebrauch davon machen,
Mamachen.

Frau Ellrich. Die Kunst ist wohl eine sehr anstrengende
15 Beschäftigung?

Magda (freundlich). Es kommt darauf an, wie man sie be-
treibt, gnädige Frau.

Frau Ellrich. Meine Töchter nehmen auch Gesangstunde,[3]
und das strengt sie immer sehr an.

20 **Magda** (höflich). O das bedaure ich.

Frau Ellrich. Natürlich treiben sie das nur zu ihrem Vergnügen.

Magda. Also viel Vergnügen! (Leise zu Frau Schwartze, die neben
ihr sitzt.) Schaff mir diese Weiber vom Halse,[4] sonst werd' ich
25 grob.

Generalin. Sind Sie eigentlich bei einem Theater engagiert,[5] mein liebes Fräulein?

Magda (sehr liebenswürdig). Zuweilen, gnädige Frau.

Generalin. Dann sind Sie jetzt wohl ohne Engagement?

Magda (murmelnd). Jesses, Jesses![1] — (laut) Ja, ich vagabundiere[2] augenblicklich.

(Die Damen sehen sich an.)

Generalin. Es sind wohl nicht viel[3] Töchter aus guten 5 Familien beim Theater?

Magda (freundlich). Nein, gnädige Frau, die sind meistens zu dumm dazu.

Frau Schwartze. Aber Magda!

Zehnte Szene.

Die Vorigen. Max.

Magda. Ei, das ist ja Max! (Geht nach hinten und reicht ihm die 10 Hand.) Denken Sie sich, Max, ich hatte Ihr Gesicht total vergessen... Oder, sagen Sie mal, haben wir uns damals nicht geduzt?[4]

Max (verwirrt). Ich glaube kaum.

Magda. Na, dann können wir uns ja jetzt duzen. 15

Frau Ellrich (leise). Verstehn Sie diesen Ton?

Generalin (zuckt die Achseln).

(Die Damen stehen auf und verabschieden sich, indem sie Frau Schwartze und Franziska die Hand reichen und sich vor Magda verbeugen.)

Frau Schwartze (betreten). Wollen die Damen schon — mein Mann wird unendlich bedauern —

Magda (ungezwungen). Auf Wiedersehn,[5] meine Damen! 20

(Die Damen nach der Rangordnung[6] ab.)

83

Elfte Szene.
Magda. Max. Frau Schwartze. Franziska.

Frau Schwartze (von der Tür zurückkehrend). Die Generalin war
gekränkt, sonst wär' sie dageblieben. Magda, du haft die
Generalin gewiß gekränkt.

Franziska. Und auch die anderen Damen waren wie vor
5 den Kopf gestoßen.[1]

Magda. Mamachen, wolltest du nicht meine Koffer be=
sorgen?

Frau Schwartze. Ja — ja, ich werde selbst zum Hotel gehn.
O Gott, o Gott, o Gott! (Ab.)

10 **Franziska.** Warte nur, ich komme mit. (Gleichfllg.) Ich muß
mich doch nützlich machen.

Magda. Ach, Tante Fränzchen, ein Wort.

Franziska. Nun?

Magda. Heute wird Verlobung gefeiert.

15 **Franziska.** Was für eine Verlobung?

Magda. Zwischen dem da und Marien.

Max (mit einem freudigen Aufschrei). Magda!

Franziska. Ich denke, da ich Mutterstelle an ihm vertrete,[2]
so ist es mein Recht — hierüber —

20 **Magda.** Nein, recht hat immer bloß der Gebende, liebe
Tante. Und nun versäum dich nicht.

Franziska (wütend). Das werd' ich dir — — (Ab.)

Zwölfte Szene.

Max. Magda.

Max. Wie soll ich Ihnen danken, teuerste Cousine?

Magda. Dir, mein süßer Vetter, dir, dir, dir!

Max. Verzeihung, es ist der große Respekt, der —

Magda. Nicht so viel Respekt, mein Junge, du gefällst mir
nicht! Mehr Kaliber,[1] mehr Persönlichkeit! weißt du.   5

Max. Ach, liebe Cousine, ein kleiner Kommißlieutenant[2]
mit 25 Mark Zulage[3] und ohne Schulden, der soll auch noch
Persönlichkeit haben? Die würde mir nur hinderlich sein.

Magda. Ach?

Max. Wenn ich meinen Zug korrekt führe,[4] auf den Bällen 10
des Regiments einen korrekten Contre[5] tanze und daneben
noch ein wackrer Kerl bin, so ist das ganz genug. —

Magda. Um eine Frau glücklich zu machen, gewiß. — Geh,
such sie dir! Geh, geh!

Max (will gehen und kehrt um). Verzeihung, in der großen Freude 15
hab' ich ja ganz die Bestellung vergessen, die ich... Heute
früh... nämlich[6] du glaubst gar nicht, in welchem Tumult
deinetwegen die ganze Stadt sich befindet. Also heute früh[7]
— ich lag noch im Bette — da stürzt ein Bekannter zu mir
herein, es ist auch ein alter Bekannter von dir — ganz blaß 20
vor lauter Aufregung und fragt, ob es wahr wäre, und ob er
kommen dürfte, sich dir vorstellen.

Magda. Na, laß ihn doch kommen.

Max. Er bat aber direkt, ich möchte erst bei dir anfragen
— er würde dann vormittags seine Karte hereinschicken.   25

Magda. Was die Menschen hier für Umstände[1] machen! Wer ist es denn?

Max. Der Regierungsrat von Keller.

Magda (mühsam). Der — ah so — der!

5 **Max** (lachend). Verzeih, du bist ja genau so blaß geworden, wie er. Mir scheint! mir scheint —

Magda (ruhig). Ich? blaß?

(Therese bringt eine Karte.)

Max. Das ist er. Doktor von Keller.

Magda. Ich lasse bitten.[2]

10 **Max** (lächelnd). Ich sage dir nur, liebe Cousine, er ist ein hervorragender Mann, der eine große Karriere vor sich hat, und der eine Leuchte[3] für unsere kirchlichen Bestrebungen zu werden verspricht.

Magda. Ich danke dir!

Dreizehnte Szene.

Die Vorigen. Keller (mit einem Blumensträußchen). Max.

15 **Max** (ihm entgegengehend). Lieber Regierungsrat — hier ist meine Cousine, die sich sehr freut. — Mich entschuldigen Sie wohl! —

(Mit zwei Verbeugungen ab.)

Vierzehnte Szene.

Magda. Keller.

(Keller bleibt an der Tür stehn. Magda geht erregt umher. Schweigen.)

Magda (vor sich hin). Da hätt' ich ja mein Gespenst.[4]

(Weist auf einen Stuhl am Tische links und setzt sich gegenüber.)

Keller. Vorerst gestatten Sie mir, Ihnen meinen wärm-

ften und — allerinnigsten Glückwunsch auszusprechen. Das
ist ja eine Überraschung, wie sie freudiger nicht geahnt werden
kann. — Und als Zeichen meiner Teilnahme gestatten Sie
mir, teuerste Freundin, Ihnen diese bescheidenen Blüten zu
überreichen.   5

Magda. O, wie finnig! (Nimmt lachend die Rosen und wirft sie auf
den Tisch.)

Keller (betreten). Ah — ich sehe mit Bedauern, daß Sie diese
Annäherung meinerseits durchaus mißverstehn. — Habe ich
es etwa an der nötigen Delikatesse fehlen lassen?[1] Und außer- 10
dem wäre in diesen engen Verhältnissen ein Wiedersehn auch
gar nicht zu vermeiden gewesen. Ich meine, es ist doch besser,
meine teuerste Freundin, man spricht sich aus, man verabredet
der Außenwelt gegenüber ein[2] — ein —

Magda (aufstehend). Sie haben recht, mein Lieber. — Ich 15
stand nicht auf der Höhe — der Höhe meiner selbst... Wär'
das so weiter gegangen in mir, ich hätte Ihnen am Ende
noch[3] das verlassene Gretchen[4] vorgespielt... Es scheint, die
Heimatsmoral färbt ab... Aber ich hab' mich schon wieder.[5]
Geben wir uns mal brav die Hand... Haben Sie keine 20
Bange, ich tu' Ihnen nichts. So — ganz fest — so!

Keller. Sie machen mich glücklich.

Magda. Ich habe mir dieses Zusammentreffen tausendfach
ausgemalt und bin seit Jahren darauf präpariert. Auch
ahnte mir wohl so was,[6] als ich die Reise in die Heimat an- 25
trat... Freilich, daß ich gerade hier das Vergnügen haben
würde — ja, wie kommt es, daß Sie nach dem, was zwischen
uns vorgefallen, die Schwelle dieses Hauses übertreten haben?
— — — Mir scheint das ein wenig —

Keller. O, ich habe es bis vor kurzem zu vermeiden gesucht. Aber da wir denselben Kreisen angehören und da ich zudem den Anschauungen dieses Hauses nahe stehe¹ — (entschuldigend) wenigstens im Prinzip —

5 Magda. Hm! Ja so!² Laß dich mal anschaun, mein armer Freund. Also das ist aus dir geworden!

Keller (verlegen lächelnd). Mir scheint, ich habe den Vorzug,³ in Ihren Augen so etwas wie eine komische Figur zu bilden.

Magda. Nein, nein — o nein. — Das bringen die Dinge 10 so mit sich.⁴ Die Absicht, Amtswürde zu beobachten in einer so amtswidrigen⁵ Situation, — — dann etwas beengt von wegen des schlechten Gewissens. Du siehst wohl von der Höhe deines gereinigten Wandels sehr erhaben auf deine sündige Jugend herab, denn man nennt dich ja eine Leuchte,⁶ 15 mein Freund.

Keller (nach der Tür sehend). Verzeihung! ich kann mich an das trauliche „Du" noch nicht wieder gewöhnen. — Und wenn man uns hörte — wär' es nicht besser —

Magda (schmerzlich). So hört man uns.⁷

20 Keller (nach der Tür hin). Um Gottes willen! — ach! (sich wieder setzend) Ja, was ich sagen wollte: Wenn Sie eine Ahnung hätten, mit welcher wahrhaften Sehnsucht ich aus diesem Nest heraus⁸ an meine genial verlebte Jugend zurückdenke...

Magda (halb für sich). Sehr genial — ja — sehr genial.

25 Keller. Auch ich fühlte mich zu höheren Dingen berufen, auch ich hatte — glaubte — — — Nun, ich will meine Stellung nicht unterschätzen... Man ist ja schließlich Regierungsrat und das in verhältnismäßig jungen Jahren. Eine gewöhnliche Eitelkeit könnte sich darin wohl sonnen⁹...

Aber da sitzt man und sitzt — und der wird ins Ministerium
berufen — und der wird ins Ministerium berufen. Und
dieses Dasein hier! Das Konventionelle und die Enge der
Begriffe — alles grau in grau! Na, und die Frauen hier —
— wer ein bißchen für Eleganz ist[1] — — — Nein, ich ver= 5
sichere Sie, wie es in mir aufjauchzte, als ich heute früh die
Nachricht las, Sie wären die berühmte Sängerin, Sie, an
die sich für mich so liebe Erinnerungen knüpfen,[2] und — —

Magda. Und da dachten Sie, ob man es mit Hilfe dieser
lieben Erinnerungen nicht wagen könnte, wieder etwas Farbe 10
in sein graues Dasein zu bringen?

Keller (lächelnd). Ah — aber ich bitte Sie!

Magda. Gott — unter alten Freunden.

Keller. Aufrichtig — sind wir das wirklich?

Magda. Wirklich! Sans rancune![3] — Ja, wenn ich auf 15
dem andern Standpunkte stehen wollte, dann müßte ich jetzt
das ganze Register herunterbeten.[4] Lügner, Feigling, Ver=
räter! — Aber wie ich die Dinge nehme,[5] bin ich dir nichts
wie[6] Dank schuldig, mein Freund.

Keller (erfreut und verblüfft). Das ist eine Auffassung, die — 20

Magda. Die sehr bequem für dich ist. Aber warum soll
ich es dir nicht bequem machen? Nach der Art, wie wir uns
dort begegnet waren, hattest du gar keine Verpflichtung gegen
mich. Mit der Heimat hatte ich gebrochen — war ein junges,
unschuldiges Ding, heißblütig und aufsichtslos[7] und lebte, wie 25
ich die andern leben sah. Ich gab mich dir hin, weil ich dich
liebte. Ich hätte vielleicht jeden andern auch geliebt, der mir
in die Quere gekommen wäre[8] ... Es scheint, das muß durch=
gemacht werden. Und wir waren ja auch so fidel — was?

Keller. Ach, wenn ich daran denke! Das Herz geht einem auf.[1]

Magda. Tja,[2] in der alten Bude — fünf Stock hoch — in der Steinmetzstraße, da hausten wir drei Mädels so glücklich mit unserm bißchen Armut. Zwei gepumpte[3] Klaviere und abends Brot und Zwiebelfett[4]... Das schmolz uns Emmy eigenhändig auf ihrem Petroleumkocher.[5] —

Keller. Und Käthe[6] mit ihren Couplets — ach Gott! — Was ist aus den beiden geworden?

Magda. Chi lo sà?[7] Vielleicht geben sie Gesangsstunden, vielleicht mimen sie.[8] Ja, ja, wir waren schon eine feine Kompanie![9] Und als der Scherz ein halbes Jahr gedauert hatte, da war mein Herr Liebster[10] eines Tages verschwunden.

Keller. Ein unglückseliger Zufall — ich kann's Ihnen beschwören. Mein Vater war erkrankt. Ich mußte verreisen. Ich schrieb dir ja das alles.

Magda. Hm! Ich mache dir ja keinen Vorwurf... Und nun will ich dir auch sagen, weswegen ich dir Dank schuldig bin. — Ein dummes, ahnungsloses[11] Ding war ich, das seine Freiheit genoß wie ein losgelassener Affe... Durch dich aber wurd' ich zum Weibe. Was ich in meiner Kunst erreicht habe, was meine Persönlichkeit vermag, alles verdank' ich dir... Meine Seele war wie... ja, hier unten im Keller lag früher immer eine alte Windharfe, die man dort vermodern ließ, weil mein Vater sie nicht leiden konnte. So eine Windharfe im Keller, das war meine Seele... Und durch dich wurde sie dem Sturme preisgegeben. — Und er hat darauf gespielt bis zum Zerreißen[12]... Die ganze Skala der Empfindungen, die uns Weiber erst zu Vollmenschen machen.[13] —

Liebe und Haß und Racheburst und Ehrgeiz (auffpringend) und
Not, Not, Not, — dreimal Not — und das Höchste, das
Heißeste, das Heiligste von allem — die Mutterliebe verdank'
ich dir.

Keller. Wa — was sagen Sie?

Magda. Ja, mein Freund, nach Emmy und Käthe hast du
dich erkundigt, aber nach deinem Kinde nicht.

Keller (auffstehend und sich ängstlich umsehend). Nach meinem Kinde?

Magda. Deinem Kinde? Wer hat das gesagt? Deinem!
Hahaha! Du solltest es nur wagen, Anspruch darauf zu erheben. Kalt machen würd' ich dich mit diesen Händen! Wer
bist du? Du bist ein fremder Herr, ... der lächelnd weiter-
ging ... Ich aber habe mein Kind, meine Sonne, meinen
Gott, mein alles, — für das ich lebte und hungerte und fror
und auf der Straße herumirrte, für das ich in Tingeltangeln[1]
sang und tanzte — denn mein Kind das schrie nach Brot!
(Bricht in ein konvulsibliches Lachen aus, das in Weinen übergeht, wirft sich auf einen
Sitz rechts.)

Keller (nach einem Schweigen). Sie sehn mich tief erschüttert ...
Hätte ich ahnen können. Ja, hätte ich ahnen können. Ich
will ja alles tun, ich bebe vor keiner Art von Genugtuung
zurück. Aber jetzt flehe ich Sie an: Beruhigen Sie sich ...
Man weiß, daß ich hier bin ... Wenn man uns so sähe, ich
wäre (sich verbessernd) — Sie wären ja verloren.

Magda. Haben Sie keine Bange — ich werde Sie nicht
kompromittieren.

Keller. O, von mir ist ja nicht die Rede. Durchaus nicht.
Aber bedenken Sie nur — wenn es ruchbar würde — was
würde die Stadt und Ihr Vater —

Magda. Der arme, alte Mann! So oder so,[1] sein Friede
ist vernichtet.

Keller. Bedenken Sie doch: je glänzender Sie jetzt dastehn,
desto mehr richten Sie sich zu Grunde.

5 **Magda** (finnlos). Und wenn ich mich zu Grunde richten will?
Wenn ich —

Keller. Um Gottes willen — hören Sie doch. Man kommt!

Magda (auffspringend). Man soll kommen![2] Alle sollen sie
kommen! Das ist mir egal. Das ist mir ganz egal![3] Ins
10 Gesicht will ich's ihnen sagen, was ich denke von dir und euch
und eurer ganzen bürgerlichen Gesittung[4]... Warum soll ich
schlechter sein als ihr, daß ich mein Dasein unter euch nur
durch eine Lüge fristen kann? Warum soll dieser Goldplunder[5]
auf meinem Leibe und der Glanz, der meinen Namen umgibt,
15 meine Schande noch vergrößern? Hab' ich nicht dran gear-
beitet früh und spät zehn Jahre lang? (An ihrer Taille zerrend.)
Hab ich dieses Kleid nicht gewebt mit dem Schlaf meiner
Nächte?[6] Hab' ich meine Existenz nicht aufgebaut Ton um
Ton[7] wie tausend andre meines Schlages Nadelstich um
20 Nadelstich? Warum soll ich vor irgend wem erröten? Ich bin
ich — und durch mich selbst geworden, was ich bin.

Keller. Gut! Sie mögen ja so stolz dastehn, aber dann
nehmen Sie wenigstens Rücksicht —

Magda. Auf wen? (Da Keller schweigt.) Auf wen?... die
25 Leuchte! Hahahaha, die Leuchte hat Angst, ausgepustet zu
werden. Sei zufrieden, mein Lieber, ich hege keinen Rache-
gedanken. Aber wenn ich dich ansehe in deiner ganzen feigen
Herrlichkeit — unfähig, auch nur die kleinste Konsequenz
deiner Handlungen auf dich zu nehmen, und mich dagegen,[8]

die ich zum Pariaweibe herabsank durch deine Liebe und ausgestoßen wurde aus jeder ehrlichen Gemeinschaft — — —
Ach! Ich schäme mich deiner! — Pfui!

Keller. Da! — Um Gottes willen! Ihr Vater! Wenn er Sie in diesem Zustande sieht! 5

Magda (schmerzgequält). Mein Vater! (Flieht, das Taschentuch vors Gesicht schlagend,[1] durch die Tür des Speisezimmers.)

Fünfzehnte Szene.
Schwartze. Keller.

Schwartze (in freudiger Erregung durch die Flurtür[2] eintretend, gerade als Magda abgeht). Ah, lieber Herr Re — — — war das meine Tochter, die da eben verschwand? 10

Keller (in großer Verwirrung). Ja, es war —

Schwartze. Was hat denn die vor mir davonzulaufen? (Hinterher rufend.) Magda!

Keller (versucht, ihm in den Weg zu treten). Ach, wollen Sie nicht lieber — das gnädige Fräulein wünschte dringend, etwas 15 allein zu sein.

Schwartze. Nanu?[3] Warum denn? Wenn man Besuch hat, wünscht man doch nicht — — — Was sind das für —

Keller. Ach — sie fühlte sich ein wenig — erregt. —

Schwartze. Erregt? 20

Keller. Jawohl. — Nichts weiter.

Schwartze. Wer war denn sonst noch hier?

Keller. Niemand — wenigstens nicht, daß ich wüßte.

Schwartze. Na, was sind denn für erregende Dinge zwischen Ihnen verhandelt worden? 25

Keller. Ach, nichts von Belang — durchaus nichts — ich versichre Sie.

Schwartze. Wie sehn Sie denn aus? Sie halten sich ja kaum auf den Beinen!

5 Keller. Ich? — Ah! Sie irren sich! — effektiv[1] — Sie irren sich.

Schwartze. Ja, Herr Regierungsrat, eine Frage: Sie sind ja wohl mit meiner Tochter — bitte, nehmen Sie Platz!

Keller. Meine Zeit ist leider —

10 Schwartze (beinahe drohend). Ich bitte Sie, Platz zu nehmen.

Keller (der nicht zu widersprechen wagt). Ich danke. (Setzen sich.)

Schwartze. Sie sind vor einer Reihe von Jahren mit meiner Tochter in Berlin zusammengetroffen?

Keller. Allerdings.

15 Schwartze. Herr Regierungsrat, ich kenne Sie als einen ebenso streng gesinnten wie diskreten Mann[2] — — Aber es gibt Fälle, wo Schweigen geradezu ein Verbrechen wird. Ich frage Sie — und Ihr jahrelanges Verhalten gegen mich[3] macht mir diese Frage zur Pflicht, ebenso wie das rätselhafte 20 — das, was ich eben — kurz: ich frage Sie: Wissen Sie etwas Ungünstiges über das damalige Leben meiner Tochter?

Keller. O — um Gottes willen — wie — wie können Sie —

Schwartze. Wie und wovon sie lebte, wissen Sie nicht?

25 Keller. Nein! Ist mir absolut —

Schwartze. Haben Sie sie nie in ihrer Behausung aufgesucht?

Keller (immer verwirrter). O, nie, nie! Nein, nie!

Schwartze. Niemals?

Keller. Das heißt, ich habe sie einmal abgeholt, aber —

Schwartze. Ihre Beziehungen waren also freundschaftliche?

Keller (beteuernd). O durchaus freundschaftliche — natürlich nur freundschaftliche. (Pause.)

Schwartze (faßt sich an die Stirn,[1] fixiert Keller, dann wie abwesend). Hä? [5] Dann freilich — wenn die Dinge vielleicht — Wenn Sie — wenn — wenn — (Steht auf, geht auf Keller zu und setzt sich nieder, bemüht, sich zur Ruhe zu zwingen.) Herr von Keller, wir leben beide in einer Welt, in welcher Ungeheuerlichkeiten,[2] — sich nicht er- eignen können. Aber ich bin alt geworden — recht alt. Und [10] das macht, ich kann meine Gedanken nicht so — so dirigieren,[3] wie ich — wohl möchte... Und ich kann mich da — gegen — einen — einen Verdacht nicht wehren, der mir plötzlich — der da herumspukt[4]... Ich habe in diesem Augenblick eine große Freude gehabt... die will ich mir nicht gleich durch so [15] was vergällen lassen[5]... Und einem alten Mann zur Be- ruhigung[6] bitt' ich Sie herzlich — geben Sie mir Ihr Ehren- wort, daß

Keller (aufstehend). Pardon, das sieht ja fast wie — wie ein Verhör aus. [20]

Schwartze. Wissen Sie denn überhaupt, um was — was ich Sie —

Keller. Pardon! Ich weiß nichts. Ich will nichts wissen. Ich bin ganz harmlos hergekommen, Ihnen einen freund- schaftlichen Besuch abzustatten... Und Sie überfallen mich [25] da... Ich muß Ihnen sagen, ich lasse mich nicht überfallen. (Nimmt seinen Hut.)

Schwartze. Herr Doktor von Keller, haben Sie sich auch klar gemacht, was diese Weigerung bedeutet?

Keller. Pardon! Wenn Sie etwas wissen wollen, so bitte ich Sie freundlichst, Ihr Fräulein Tochter zu befragen. — Die wird Ihnen ja dann schon sagen, was — e, was — e — — Und jetzt bitte ich, mich verabschieden zu dürfen ... Meine
5 Wohnung ist Ihnen ja wohl bekannt, ich meine — für den Fall[1] — daß — e — — Ich bedaure, daß das so gekommen ist, aber — e — — Herr Oberstlieutenant, ich habe die Ehre![2] (Ab.)

Sechzehnte Szene.

Schwartze (allein. Dann) Marie.

Schwartze (sitzt eine Weile brütend, in sich zusammengesunken da, dann jäh
10 aufschreiend.) Magda!

Marie (ängstlich hereinlaufend). Um Gottes willen — was ist?

Schwartze (würgend). Magda — Magda soll herkommen.

Marie (geht zur Tür, öffnet sie und kehrt hinausschauend um). Sie kommt — schon — die Treppe herunter.

15 **Schwartze.** So! (Richtet sich mühsam auf.)

Marie (die Hände faltend). Tu ihr nichts!

(Pause bei offener Tür. Man sieht Magda die Treppe herabkommen.)

Siebzehnte Szene.

Die Vorigen. Magda.

Magda (im Reisekleide, den Hut in der Hand — sehr bleich, aber mit eiserner Ruhe). Ich hörte dich rufen, Vater.

Schwartze. Ich — habe — mit dir — zu reden.

20 **Magda.** Und ich mit dir!

Schwarte. Geh voran — in mein Zimmer.

Magda. Ja, Vater!

(Sie geht zur Tür links. Schwarte folgt ihr. Marie, die sich verschüchtert in die Speisezimmertür zurückgezogen hat, macht eine flehende Bewegung, welche er nicht beachtet.)

(Der Vorhang fällt.)

Vierter Akt.

(Dieselbe Szenerie.)

Erste Szene.

Frau Schwartze. Marie.

Frau Schwartze (in Hut und Mantel, an die Tür links pochend). Leopold!
— — Jesus, mein Jesus,[1] ich wag' es gar nicht, reinzugehn.[2]

Marie. Nein, nein, tu es nicht! Wenn du ihn gesehn hättst!

Frau Schwartze. Und seit einer halben Stunde sind sie da
5 drin, sagst du?

Marie. Ja, so lang wird es sein.

Frau Schwartze. Jetzt spricht sie! (Lauscht und erschrickt.) O
Gott, wie er sie anschreit! Mariechen, hör zu! Lauf in den
Garten. — Dort sitzt der Pfarrer in der Laube — erzähl ihm
10 alles — auch von Herrn von Keller, daß er vorher hier ge=
wesen ist — und bitt ihn, er möchte ganz rasch raufkommen.

Marie. Ja, Mamachen! (Eilt zur Flurtür.)

Frau Schwartze (sie zurückrufend). Noch eins, Mariechen! Hat
Therese auch nichts gemerkt, damit es keinen Klatsch gibt?

15 **Marie.** Ich hab' sie gleich fortgeschickt, Mamachen.

Frau Schwartze. O dann ist gut! Dann ist gut!
(Marie ab.)

Frau Schwartze (klopft wieder). Leopold, — höre doch, Leopold!
(Zurückweichend.) O Gott, er kommt!

86

Zweite Szene.

Frau Schwartze. Schwartze. (Später) Magda.

Schwartze (kommt wankend und entstellt hereingestürzt).

Frau Schwartze. Leopold, wie siehst du aus?

Schwartze (in einen Stuhl sinkend). Ja, ja — das ist so — wie
mit den Rosen. Kommt so das Messer — und kappt die
Geschichte[1] — und man verbindet die Wunde nicht... Was 5
sag' ich — da? — was —

Frau Schwartze. Er verliert den Verstand!

Schwartze. Nein, nein, ich verlier' nicht den Verstand...
Nein. Ich weiß ganz gut, was... ich weiß ganz gut.

Magda (erscheint in der Tür links).   10

Frau Schwartze (ihr entgegen). Was hast du ihm getan?

Schwartze. Ja — was hast du — was hast du?... Das ist
meine Tochter! — Was fang' ich jetzt mit meiner Tochter an?

Magda (bescheiden, fast bittend). Ja Vater, wär' es nicht das
beste nach allem, was geschehn, du wiesest mir die Tür, du 15
jagtest mich auf die Straße? Lossagen mußt du dich ja doch
von mir — wenn dies Haus wieder rein werden soll.

Schwartze. So, so so... Du meinst also, du brauchst bloß
zu gehn — da raus zu gehn![2] — und alles ist wieder beim
alten?[3]... Und das hier? Und wir alle hier?... Was soll 20
aus uns werden?... Ich — ach Gott — ich — ich fahr' eben
in meine Grube — dann is aus[4] — aber hier — die Mutter
und — deine Schwester — — deine Schwester.

Magda. Marie hat den Mann, den sie braucht. —

Schwartze. Man heiratet kein Mädchen, das so eine Schwe- 25
ster hat. (Voll Ekel.) Ne, ne, ne. Nicht anrühren so was.[5]

Magda (für sich). Mein Gott, mein Gott!

Schwartze (zu Frau Schwartze). Siehst du — nu fängt sie an zu kapieren,[1] was sie verbrochen hat.

Frau Schwartze. Ja, was —

5   **Magda** (in zärtlichem Mitleid, doch immer noch mit einem Rest innerer Überlegenheit). Mein armes, altes Väterchen — hör mich an... Ich kann ja nicht mehr ändern, was geschehn ist... Ich will — Marien mein halbes Vermögen überlassen — ich will allen tausendfach vergelten, was ich euch heut' an Schmerz zugefügt
10 hab'[2]... Aber jetzt — ich bitt' euch — laßt mich meiner Wege gehn.

Schwartze. Oho!

Magda. Denn was wollt ihr von mir? Was hab' ich euch getan? Gestern um diese Zeit wußtet ihr noch nicht, ob ich
15 überhaupt auf der Welt war — und heute — Das ist doch Wahnsinn, wenn ihr von mir verlangt, ich solle wieder denken und fühlen wie ihr, — aber ich habe Angst vor dir, Vater, Angst vor diesem Hause... Ich bin nicht dieselbe mehr — ich traue mir nicht mehr... (In Qual losbrechend.) Ich — kann
20 — den Jammer nicht ertragen —

Schwartze. Hahahaha!

Magda. Sieh, lieber Vater, ich will mich gern demütigen vor dir... ich beklage auch alles von ganzer Seele, weil es euch heute Kummer macht, denn mein Fleisch und Blut gehört
25 ja nun einmal zu euch. — Aber ich muß doch das Leben weiterleben, das ich mir geschaffen hab'! — Das bin ich mir doch schuldig — mir und meinem — — Lebt wohl!...

Schwartze (ihr den Weg vertretend). Wo willst du hin?

Magda. Laß mich, Vater!

Schwarze. Eher erwürg' ich dich mit ... (packt sie).

Fran Schwarze. Leopold!

Dritte Szene.

Die Vorigen. Der Pfarrer.

Pfarrer (wirft sich mit einem Ausruf des Schreckens dazwischen).

Magda (vom Alten freigelassen, geht langsam, die Blicke auf den Pfarrer geheftet, zurück und sinkt in den Sessel links, wo sie während des Folgenden fast regungslos bleibt).

Pfarrer (nach einem Schweigen). Um Gottes willen!

Schwarze. Ja, ja, ja, Pfarrerchen[1] ... Das war wohl eben ein schönes Familienbild. . Hä? Sehen Sie mal die da. Besudelt hat sie meinen Namen. Jeder Lump kann mir den Degen zerbrechen. Das ist meine Tochter. Das ist — meine —

Pfarrer. Lieber Herr Oberstlieutenant, es gibt hier Dinge, die ich nicht weiß und nicht wissen will ... Aber ich sage mir — es muß doch etwas zu tun sein,[2] anstatt daß man — man —

Schwarze. Ja, zu tun — ja, ja — hier ist viel zu tun ... Ich hab' auch viel zu tun ... Ich seh' auch gar nicht ein, warum ich hier steh' ... Es ist ja schlimm — is ja schlimm — er kann mir ja sagen, der Herr, du bist — ein Krüppel — mit deiner zitternden Hand ... Mit so was schlägt man sich nicht ... hat man auch tausendmal die Tochter zur ... aber ich werd's ihm beweisen ... ich werd's ihm beweisen ... Wo ist mein Hut?

Fran Schwarze. Wo willst du hin, Leopold? (Magda erhebt sich.)

Schwartze. Mein Hut! —

Frau Schwartze (bringt ihm Hut und Stock). Hier, hier.

Schwartze. So! — (zu Magda.) Lern du dem Herrgott danken, an den du nicht glaubst, daß er dir deinen Vater bis heute gelassen hat. Heute holt er dir deine Ehre zurück!

Magda (in dem Sessel niederknieend und seine Hand küssend). Vater, tu's nicht! Das verdien' ich nicht um dich![1]

Schwartze (neigt sich weinend auf ihren Scheitel[2] nieder). Mein armes, armes Kind! (zur Tür.)

10 **Magda** (ihm nachrufend). Vater!

(Schwartze rasch ab.)

Vierte Szene.

Frau Schwartze. Der Pfarrer. Magda.

Frau Schwartze. Mein Kindchen, was auch gewesen sein mag,[3] wir Frauen — wir müssen ja zusammenhalten.

Magda. Schön Dank, Mamachen. — Der Scherz wird ja rasch genug zu Ende sein. (Setzt sich.)

15 **Pfarrer.** Frau Oberstlieutenant, draußen ist Mariechen voll Angst. Gehn Sie, sagen Sie dem Kinde ein gutes Wort.

Frau Schwartze. Was soll ich dem Kinde sagen, Herr Pfarrer, wenn es sein Lebensglück verloren hat?

Magda (fährt schmerzvoll auf).

20 **Frau Schwartze.** Ach, Herr Pfarrer, Herr Pfarrer! (ab.)

Fünfte Szene.
Magda. Der Pfarrer.

Magda (nach einem Schweigen). Ach, ich bin müde!

Pfarrer. Fräulein Magda!

Magda (brütend). Ich glaube, ich werde diese grellen, blut-
unterlaufenen Augen jetzt immer vor mir sehn, wo ich geh'
und steh' —¹ wo ich geh' und steh'.   5

Pfarrer. Fräulein Magda!

Magda. Sie verachten mich wohl sehr — hä?

Pfarrer. Ach, Fräulein Magda, das Verachten hab' ich mir
schon lange abgewöhnt. — Wir sind alle arme Schächer.²

Magda (mit bitterem Lachen). Ja, wahrhaftig, das sind wir... 10
Ach, ich bin müde!... Es drückt mir auf den Kopf. Mein
Leben drückt mir auf den Kopf. Da geht der alte Mann nun
hin und will sich totschießen lassen um meinetwillen! Hä!
Wenn er all meine Sünden abbüßen wollte mit dem eigenen
Leibe! — — Ach, ich bin müde.   15

Pfarrer. Fräulein Magda — ich ahne ja bloß — was hier
vorliegt... Aber Sie haben mir das Recht gegeben, als ein
Freund mit Ihnen zu reden. Und ich fühl', ich bin mehr als
das. Ich bin wie Ihr Mitschuldiger, Fräulein Magda.

Magda. Mein Gott! Quält er sich auch noch!   20

Pfarrer. Fühlen Sie die Verpflichtung, Fräulein Magda,
Ihrem Elternhause Ehre und Frieden wiederzugeben?

Magda (in ausbrechender Qual). Sie haben den Jammer mit
erlebt³ und fragen noch, ob ich das fühle?

Pfarrer. Wie ich die Dinge ansehe, wird Ihr Vater von 25

jenem Herrn die Erklärung bekommen, daß er zu jeder Art
von friedlicher Genugtuung bereit ist.

Magda. Hahaha! Diese edle Seele! Aber was geht mich
das an?

5 **Pfarrer.** Sie dürfen — die Hand nicht ausschlagen — die
er Ihnen anbieten wird.

Magda. Was? Das ist doch nicht ... Ich soll diesen Men=
schen, diesen fremden Menschen, den ich überschaue[1] — wie
— wie — den soll ich —

10 **Pfarrer.** Liebes Fräulein Magda, es gibt fast für jeden
eine Stunde, wo er die Scherben seines Lebens sammelt, um
sich daraus ein neues zusammenzuleimen. Ich hab' das
kennen gelernt. Jetzt ist die Reihe an Ihnen.

Magda. Ich will nicht. Ich will nicht.

15 **Pfarrer.** Sie werden müssen.

Magda. Eher nehm' ich mein Kind in den Arm und geh'
in den See.

Pfarrer (bezwingt ein heftiges Zusammenschrecken — nach einem Schweigen,
heiser). Das ist — dann — freilich die einfachste Lösung —
20 und Ihr Vater kann Ihnen folgen.

Magda. Erbarmen Sie sich! Ich muß ja tun, was Sie
wollen. Ich weiß nicht, woher Sie diese Macht über mich
nehmen ... Mensch, lieber, wenn noch eine leise Erinnerung
an das, was Sie einmal gefühlt haben, in Ihnen lebt, wenn
25 Sie noch einen Funken Pietät[2] haben für Ihre eigene Jugend,
dann können Sie mich nicht hinopfern wollen.

Pfarrer. Ich opfere ja nicht Sie allein, Fräulein Magda.

Magda (in erwachender Ahnung). O, mein Gott!

Pfarrer. Es gibt keinen Ausweg. Ich seh' keinen. Daß

der alte Mann das nicht überleben würde, nun das versteht sich von selbst. Und was für Ihre Mutter dann bleibt, und was aus Ihrer armen Schwester wird — Fräulein Magda, das ist ja, wie wenn Sie mit eigner Hand Feuer an dies Haus legten und alles verbrennen ließen, was drin ist. Und 5 dies Haus ist doch Ihre Heimat...

Magda (in wachsender Angst). Ich will nicht! Ich will nicht!... Dies Haus ist nicht meine Heimat... Meine Heimat ist, wo mein Kind ist, wo mein Kind ist.

Pfarrer. Ja, dies Kind! Das wird heranwachsen — — 10 vaterlos — und wird dann gefragt werden: Wo ist dein Vater? Und wird Sie fragen kommen: Wo ist mein Vater?... Was werden Sie ihm dann erwidern können? — Und, Fräulein Magda, wer nicht Ordnung hat in seinem Herzen von Anbeginn, dessen Herz verlottert.[1] 15

Magda. Das ist ja alles nicht wahr... Und wenn es wahr wäre — Hab' ich nicht auch ein Herz? — Leb' ich nicht auch ein Leben?... Bin ich nicht auch um meiner selbst willen da?

Pfarrer (hart). Nein, das ist niemand. Aber tun Sie, was Sie wollen. Verderben Sie Ihre Heimat, verderben Sie 20 Vater und Schwester und Kind, und dann versuchen Sie, ob Sie den Mut haben, um Ihrer selbst willen da zu sein.

Magda (verbirgt schluchzend ihr Gesicht).

Pfarrer (ihr gegenübertretend, fährt über den Tisch weg mitleidig mit der Hand über ihr Haar). Mein armes — 25

Magda (diese Hand ergreifend). Beantworten Sie mir eine Frage. — Sie haben Ihr Lebensglück geopfert um meinetwillen. Glauben Sie noch heute — trotz allem, was Sie von mir wissen und was Sie nicht wissen, — daß ich dieses Opfers wert gewesen bin? 30

Pfarrer (gepreßt,[1] als spräche er ein Geständnis). Ich sagte schon, ich bin wie Ihr — Mitschuldiger, Fräulein Magda.

Magda (nach einer Pause). Ich werde tun, was Sie verlangen.

Pfarrer. Ich danke Ihnen.

5   **Magda.** Leben Sie wohl!

Pfarrer. Leben Sie wohl! (Ab. Man sieht durch die geöffnete Tür, wie er mit Marien spricht und sie hereinschickt.)

Magda (bleibt, das Gesicht in den Händen, regungslos, bis er fort ist).

Sechste Szene.

Magda. Marie.

Marie. Was darf ich, Magda?

10   **Magda.** Wohin ging der Pfarrer?

Marie. In den Garten. Mama ist mit ihm.

Magda. Du, wenn der Vater nach mir sucht, (mit dem Kopf nach links weisend) ich warte da. (Will ab.)

Marie. Und für mich — hast du kein Wort — übrig, 15 Magda?

Magda. Ach so! Sei unbesorgt. (Küßt sie auf die Stirn.) Es wird jetzt alles gut[2] ... Ganz gut ... nein, nein, nein. (In milder Bitterkeit.) Es wird jetzt alles — — ganz — gut. —

(Ab nach links. Marie zum Speisezimmer.)

Siebente Szene.

Schwarze. (Dann) **Max.**

(Schwarze, allein, holt pfeifend einen Pistolenkasten hervor, schließt ihn auf, prüft eine Pistole, spannt mühsam den Hahn, untersucht den Lauf, zielt nach einem Punkte der Wand, wobei das Zittern des Armes stark bemerkbar wird — klopft sich wütend auf den Arm, — läßt brütend die Pistole sinken. Max tritt ein.)

Schwarze (der sich nicht umwendet). Wer da?

Max. Ich, Onkel!

Schwarze. Max — aha — kannst reinkommen!

Max. Onkel, Marie sagte mir — Onkel, was sollen die Pistolen? 5

Schwarze. Ja, das waren mal schöne Pistolen! Das waren famose Pistolen. Du, Junge,[1] damit hab' ich jedes Coeur= As[2] rausgeschossen bis auf 20 — na, sagen wir 15 Schritt... Und 15 genügt... Du, das müssen wir doch gleich mal[3] im Garten, — — aber — (hilflos, tippt auf den zitternden Arm, das Gesicht 10 zum Weinen verziehend)[4] aber — das — will — nicht mehr. —

Max (auf ihn zueilend). Onkel! (Sie halten sich einen Augenblick um= schlungen.)

Schwarze. Na, na, is schon gut — is schon gut!

Max. Onkel, daß ich statt deiner da bin, daß ich jeden, den 15 du mir mit dem Finger bezeichnest, vor meine Pistole stelle, das versteht sich doch von selbst, das ist doch mein Recht?

Schwarze. Dein — Nanu? Als was? — — willst du dich etwa in eine geschändete Familie reinheiraten?[5] — hä?

Max. Onkel! 20

Schwarze. Du willst also — den Rock unsres Regiments — den willst du an den Nagel hängen und in Civil rumlappen?[6]— Na, da können wir ja zusammen einen Spielsalon aufmachen, ober wir werfen uns aufs Güterausschlachten/... Daneben so'n bißchen Lebensversicherung, Agent — Kommissionär — was weiß ich... du mit deinem schönen abligen Namen treibst die Opfer zu — und ich rupfe. x Hä — hä — hä... Nein, mein Jungchen,² selbst wenn du noch wolltest, ich will nicht... Dies Haus mit allem, was brin sitzt, ist zu Grunde gerichtet. Drum geh deiner Wege... Mit der Schwartzeschen Sipp-schaft⁸ hast du nichts zu schaffen.

Max. Onkel, jetzt fordere ich von dir —

Schwartze. Stille! Sonst! (Weist nach der Tür.)... Übrigens, ich kann dich brauchen, wie man seine Freunde braucht, wenn man so 'ne Sache vorhat, aber noch nicht. Noch nicht. Erst stell' ich mir den Herrn⁴... War nicht zu Hause... Er war nicht zu Hause, der Herr!... Aber er soll nicht etwa denken, er entwischt mir!... Ist er auch zum zweitenmal nicht zu Hause, dann, mein Sohn, beginnt dein Amt... Bis dahin hab hübsch Geduld⁶... Hab hübsch Geduld!

Therese (vom Flur hereinkommend). Der Herr Regierungsrat von Keller!

(Schwartze fährt zurück.)

Max. Also der! Jetzt — — —

Schwartze. Ich lasse bitten!⁶ (Therese ab.)

Max. Onkel! (weist in großer Erregung auf sich).

Schwartze (verneint — winkt ihm hinauszugehen).

Achte Szene.

Schwarze. Keller.

Keller (trifft in der Tür mit dem hinausgehenden Max zusammen, den er verbindlich grüßt, und der ihn herausfordernd mißt).

Keller. Herr Oberstlieutenant, ich bin untröstlich, Sie verfehlt zu haben. Als ich aus dem Kasino heimkam, wo ich mittags stets zu finden bin — wie gesagt, immer zu finden — 5 da lag Ihre Karte auf dem Tisch — und da ich annehme, daß Dinge von Wichtigkeit zwischen uns zu verhandeln sind, so beeile ich mich — wie gesagt, ich habe mich beeilt —

Schwarze. Herr Regierungsrat, ich weiß noch nicht, ob in diesem Hause ein Stuhl für Sie da ist, aber da Sie den Weg 10 hierher so rasch gefunden haben, so werden Sie müde sein. Ich bitte, setzen Sie sich.

Keller. Ich danke! (Setzt sich neben den offen gebliebenen [1] Pistolenkasten, sieht hinein, stutzt, sieht den Oberstlieutenant ungewiß an, überlegend.) Hm!

Schwarze. Nun, sollten Sie mir nichts zu sagen haben? 15

Keller. Gestatten Sie mir zuvor eine Frage: Hat Ihr Fräulein Tochter Ihnen nach unsrem Gespräche über mich Mitteilungen gemacht?

Schwarze. Herr Regierungsrat, sollten Sie mir nichts zu sagen haben? 20

Keller. O gewiß, ich hätte Ihnen manches zu sagen. Ich würde mich z. B. glücklich schätzen, Ihnen einen Wunsch, eine Bitte vortragen zu dürfen — aber ich weiß nicht recht, ob ... wollen Sie mir wenigstens das eine sagen: Hat Ihr Fräulein Tochter sich in einigermaßen günstiger Weise über mich 25 ausgesprochen?

Schwarze (auffahrend). Ich will wissen, Herr, wie ich mit Ihnen dran bin[1] — als was ich Sie hier zu behandeln habe?

Keller. Ah so, Pardon, jetzt bin ich im Klaren (zu einer Rede ausholend).[2] Herr Oberstlieutenant, Sie sehen in mir einen

5 Mann, der es mit seinem Leben ernst nimmt[3] ... die Tage einer leichtlebigen Jugend — (Schwarze blickt zornig auf) Pardon, ich wollte sagen, seit heute früh ist ein heiliger und — wenn ich so sagen darf — freudiger Entschluß in mir gereift. Herr Oberstlieutenant, ich bin kein Mann der vielen Worte. Ich

10 gehe gerad auf mein Ziel los: Als Ehrenmann zum Ehren= mann oder — kurz, Herr Oberstlieutenant, ich habe die Ehre, Sie um die Hand Ihrer Fräulein Tochter zu bitten.

Schwarze (sitzt still und atmet schwer, das Weinen verbeißend).

Keller. Pardon, Sie antworten mir nicht ... bin ich viel=
15 leicht nicht würdig —?

Schwarze (nach seiner Hand hinübertastend). Nicht, nicht, nicht — nicht doch,[4] nicht doch! ... Ich bin ein — alter Mann ... Es war ein bißchen viel für mich in diesen letzten Stunden ... Achten Sie nicht auf mich.

20 **Keller.** Hm, hm!

Schwarze (aufstehend und dabei den Deckel des Pistolenkastens zuklappend). Geben Sie mir die Hand, mein junger Freund. Sie haben mir schweres Leid zugefügt — schweres Leid zugefügt! — Aber Sie haben es rasch und männlich wieder gut gemacht.

25 Geben Sie mir auch die andre Hand — so — so! Na, da wollen Sie sie wohl auch sprechen? — Man wird sich doch so manches zu sagen haben — hä?

Keller. Ich bitte um die Erlaubnis.

Schwarze (öffnet die Flurtür und spricht hinaus, öffnet dann die Tür links).
30 Magda!

Neunte Szene.

Die Vorigen. Magda.

Magda. Was befiehlst du, Vater?

Schwartze. Magda, dieser Herr wünscht die Ehre zu — (Da er die beiden einander gegenübersieht, übermannt ihn die Bitterkeit. Er wirft zornige Blicke von einem zum andern.)

Magda (besorgt). Vater! 5

Schwartze. Na, es ist ja jetzt alles in Ordnung! — Macht's nicht zu lang!... (Mehr zu Magda.) Es ist ja schon alles in Ordnung.

(Ab.)

Zehnte Szene.

Keller. Magda.

Keller. Ja, meine teuerste Magda, wer hätte das ahnen können! 10

Magda. Also wir werden uns heiraten.

Keller. Vor allen Dingen möchte ich in Ihnen den Verdacht nicht aufkommen lassen, als ob Absicht oder Ungeschicklichkeit meinerseits diese Wendung herbeigeführt hätte, die ich ja glücklich preise, die jedoch — 15

Magda. Ich mache Ihnen ja keinen Vorwurf!

Keller. Nun, dazu wäre ja auch kein Grund.

Magda. Durchaus nicht.

Keller. Lassen Sie mich Ihnen vor allen Dingen ferner sagen, daß es die ganze Zeit über mein innigster Wunsch gewesen ist, es möchte eine Fügung des Himmels uns wieder zusammenführen. 20

Magda. Sie haben wohl auch nie aufgehört, mich zu lieben?

Keller. Nun, das könnte ich als ehrlicher Mann und ohne Übertreibung nicht gerade behaupten... Aber schon seit heute früh ist ein heiliger und — und freudiger Entschluß in mir
5 gereift —

Magda. Verzeihung — eine Frage: Würde dieser heilige und freudige Entschluß ebenso in Ihnen gereift sein, wenn ich in Armut und Schande in meine Heimat zurückgekommen wäre?

10 **Keller.** Erlauben Sie mal, teuerste Magda: ich bin weder ein Streber noch ein Mitgiftjäger,[1] aber ich muß doch wissen, was ich mir und meiner Stellung schuldig bin. Es wäre andernfalls eben gar keine soziale Möglichkeit gewesen, unsre bereinstigen Beziehungen zu legitimieren.[2]

15 **Magda.** Ich muß mich also glücklich preisen, zehn Jahre lang unbewußt auf dieses hohe Ziel hingearbeitet zu haben.

Keller. Ich weiß nicht, ob ich zu feinfühlig[3] bin. Aber das klingt beinahe wie Ironie. Und ich glaube nicht, daß —
e —

20 **Magda.** Daß sich das noch für mich geziemt?

Keller (abwehrend).[4] Ah!

Magda. Ich muß Sie um Nachsicht bitten. Die Rolle des duldenden und geduldeten Weibes ist noch neu für mich. Reden wir also von der Zukunft (setzt sich und bietet Platz an) — — von
25 unsrer Zukunft. — Wie denken Sie sich das, was kommt?

Keller. Nun, Sie wissen, meine teuerste Magda, ich trage mich mit größeren Plänen.[5] Dieses Provinznest ist nichts für meine Tatkraft... Zumal[6] ich nun die Pflicht habe, auch Ihnen einen Boden zu schaffen, der Ihrer gesellschaftlichen

Gaben würdig wäre! Daß Sie der Bühne und dem Kon-
zertsaal entsagen — nun, das versteht sich ja von selbst.

Magda. So — versteht sich das von selbst?

Keller. Aber ich bitte Sie. Sie kennen die Verhältnisse
nicht... Das wäre ein Hemmschuh[1] für mich — ah! Ebenso
gut könnte ich da auf der Stelle den Dienst quittieren.

Magda. Und wenn Sie das täten?

Keller. Das kann doch nicht Ihr Ernst sein? Ein arbei-
tender und strebsamer Mensch, der eine hervorragende Lauf-
bahn vor sich sieht, der soll Amt und Würde von sich werfen
und als Mann seiner Frau herumvagi[2] — als Mann seiner
Frau leben? Soll ich Ihnen die Notenblätter umwenden
oder vielleicht Ihre Kasse führen?³ Nein, meine teuerste
Freundin, da unterschätzen Sie mich und die Stellung, die ich
im Leben einnehme. Aber sei'n Sie ganz unbesorgt. Sie
werden nichts zu bereuen haben... Ich habe ja allen Respekt
vor Ihren bisherigen Triumphen, aber — (fein) die höchsten
Preise, nach denen frauenhafte Eitelkeit wohl ringen mag,
werden ja doch nur im Salon verteilt.

Magda (für sich). Mein Gott, was ich da tu', das ist ja alles
Wahnsinn.

Keller. Was sagten Sie?

Magda (schüttelt den Kopf).

Keller. Und im übrigen, sehn Sie: das Weib, das ideale
Weib, wie die moderne Zeit es sich ausmalt, soll ja die Ge-
fährtin, die treue, hingebende Helferin ihres Mannes sein...
Ich denke mir zum Beispiel: Sie werden durch Ihre persön-
liche Hoheit, durch den Zauber Ihres Gesanges meine Feinde
besiegen und meine Freunde — nun, die werden Sie eben noch

enger an mich ketten. Und dann, denk' ich, wir werden eine
Gastlichkeit im großen Stile führen.[1] Unser Haus soll der
Mittelpunkt aller der distinguierten Elemente sein, welche ge=
willt sind, die strenggraziösen[2] Sitten unsrer ·Vorfahren zu
5 pflegen. Graziös und streng, das scheint ein gewisser Wider=
spruch, ist es aber nicht.

Magda. Sie vergessen, mein Freund, daß das Kind, um
dessenwillen diese Verbindung geschlossen wird, die Streng=
gesinnten[3] von uns fernhalten wird.

10 **Keller.** Ja — das — — Ich gebe zu, teuerste Magda, es
wird Ihnen schmerzlich sein, aber dieses Kind muß selbst=
verständlich zwischen uns tiefstes Geheimnis bleiben. Nie=
mand darf ahnen —

Magda (entsetzt und ungläubig). Was, was sagen Sie da?

15 **Keller.** Wir wären in — jeder — Beziehung ver=
nichtet! Nein, nein, es ist absurd, auch nur daran zu denken!
— Aber — e, wir können ja jedes Jahr eine kleine Reise
dorthin machen, wo wir es aufziehen lassen — Man schreibt
einen x=beliebigen Namen ins Fremdenbuch;[4] das fällt im
20 Auslande nicht auf, und ist (nachdenklich) wohl auch kaum straf=
bar... Und wenn wir fünfzig Jahre alt sind und die andern
gesetzlichen Bedingungen wären erfüllt — (lächelnd) das läßt
sich ja wohl einrichten,[5] nicht wahr? — dann könnten wir es
ja unter irgend einem Vorwande adoptieren — nicht wahr?

25 **Magda** (bricht in ein gellendes Lachen aus, dann die Hände faltend und vor
sich hinstarrend). Mein Süßes! Mein Kleines! Mio bambino![6]
Mio pove — ro — bam — dich — dich — soll ich — haha=
hahaha — Hinaus, hinaus! (Will die Flügeltür öffnen.) Hinaus!

Elfte Szene.

Die Vorigen. Schwarze.

Schwarze. Was —

Magda. Gut, da bist du! Befreie mich von diesem Menschen. Schaff mir den Menschen vom Halse.[1]

Schwarze. Was?

Magda. Ich habe alles getan, was ihr verlangtet. Ich habe mich geduckt und verleugnet... Ich hab' mich auf die Schlachtbank ziehn lassen wie ein Opfertier... Aber mein Kind verlaß ich nicht... Damit seine Carriere keinen Schaden nimmt,[2] kann ich doch mein Kind nicht verlassen? (Wirft sich in einen Sessel.)

Schwarze. Herr von Keller, wollen Sie mir —

Keller. Sie sehn mich untröstlich, Herr Oberstlieutenant! Aber es scheint, die Bedingungen, die ich im beiderseitigen Interesse stellen mußte, finden nicht den Beifall —

Schwarze. Meine Tochter ist nicht mehr in der Lage, sich die Bedingungen auszusuchen, unter denen sie — — — Herr von Keller, ich bitte Sie um Verzeihung für den Auftritt, dem Sie soeben ausgesetzt waren... Erwarten Sie mich in Ihrer Wohnung. Ich werde Ihnen die Einwilligung meiner Tochter selbst überbringen. Dafür verpfände ich Ihnen hier mein Ehrenwort!

(Bewegung. Magda richtet sich jäh empor.)

Keller. Haben Sie bedacht — was — e — —?

Schwarze (Keller die Hand reichend). Ich danke Ihnen, Herr von Keller.

Keller. Bitte sehr. Ich habe nur meine Pflicht getan.

(Mit Verbeugung ab.)

Zwölfte Szene.

Magda. Schwarke.

Magda (sich reckend). So! Jetzt bin ich wieder die Alte.[1]

Schwarke (mißt sie eine Weile und verschließt schweigend die drei Türen).

Magda. Glaubst du, Vater, ich werde gefügiger werden, wenn du mich einsperrst?

5 **Schwarke.** So! Jetzt sind wir allein. Es sieht uns keiner wie der da![2] Und der soll uns sehn... Geh nicht immer herum... Wir haben miteinander zu reden, mein Kind.

Magda (setzt sich). Gut! — Es wird jetzt wohl klar werden zwischen der Heimat und mir.[3]

10 **Schwarke.** Das wirst du mir doch zugeben, daß ich jetzt ganz ruhig bin?

Magda. Gewiß.

Schwarke. Ganz ruhig, nicht wahr? — Es zittert nicht einmal der Arm. Was geschehn ist, das ist geschehn. Aber 15 ich habe soeben deinem Verlobten —

Magda. Meinem Verlobten? — Lieber Vater!

Schwarke. Ja, ich habe deinem Verlobten mein Ehrenwort gegeben. Und so was muß gehalten werden, das siehst du doch ein?

20 **Magda.** Ja, wenn das nun aber nicht in deiner Macht steht, lieber Vater?

Schwarke. Dann muß ich dran sterben... dann muß ich eben[4] — dran sterben... man kann doch nicht länger leben, wenn man... Du bist doch Offizierstochter. Das ist dir 25 doch klar?

Magda (mitleidig). Lieber Gott!

Schwartze. Aber vor dem Tode muß ich doch mein Haus bestellen,[1] nicht wahr? Sag mal, meine Tochter, etwas Heiliges hat doch jeder. Was ist dir wohl so recht im Innersten heilig auf der Welt?[2]

Magda. Meine Kunst! 5

Schwartze. Nein, das ist nicht genug. Es muß heiliger sein.

Magda. Mein Kind.

Schwartze. Gut. Dein Kind... Dein Kind... das hast du doch lieb? (Magda nickt.) Und das würdest du gern wieder- 10 sehn? (Magda nickt.) Und — e, ja — wenn du einen Schwur ablegtest beim — auf seinem Haupte (macht eine Bewegung, als lege er die Hand auf ein Kindeshaupt), dann würdest du nicht falsch schwören?

Magda (verneint lächelnd). 15

Schwartze. Na, das ist gut! (Aufstehend.) Entweder du schwörst mir jetzt bei seinem Haupte, daß du die ehrbare Frau seines Vaters werden willst, oder — keiner von uns beiden geht lebendig aus diesem Zimmer! (Sinkt in den Sessel zurück.)

Magda (nach kurzem Schweigen). Mein armer alter Papa! Was 20 quälst du dich? Und glaubst du, daß ich mich bei verschlossenen Türen gutwillig werde von dir niedermachen lassen?... Das kannst du nicht verlangen.

Schwartze. Du wirst ja sehn.

Magda (in wachsender Erregung). Ja, was wollt ihr eigentlich 25 von mir? Warum klammert ihr euch an mich?... Ich hätte fast gesagt: Was geht ihr mich an?[3]

Schwartze. Das wirst du ja sehn!

Magda. Ihr werft mir vor, daß ich mich verschenkte nach

meiner Art, ohne euch und die ganze Familie um Erlaubnis
zu fragen.   Und warum denn nicht? War ich nicht familien-
los? Hatteſt du mich nicht in die Fremde geſchickt, mir mein
Brot zu verdienen, und mich noch verſtoßen hinterher,[1] weil
5 die Art, wie ich's verdiente, nicht nach deinem Geſchmacke
war?... Wen belog ich? An wem[2] ſündigte ich?... Ja, wär'
ich eine Haustochter geblieben wie Marie, die nichts iſt und
nichts kann ohne das Schutzdach irgend einer Heimat, die aus
den Händen des Vaters ſchlankweg[3] in die des Mannes über-
10 geht — die von der Familie alles empfängt: Brot, Ideen,
Charakter und was weiß ich?... Ja, dann hätteſt du recht.
In der verbirbt durch den kleinſten Fehltritt alles — Ge-
wiſſen, Ehrgefühl, Selbſtachtung... Aber ich?... Sieh mich
doch an.   Ich war eine freie Katze... Ich gehörte längſt zu
15 jener Kategorie von Geſchöpfen, die ſich ſchutzlos wie nur ein
Mann und auf ihrer Hände Arbeit angewieſen[4] in der Welt
herumſtoßen... Wenn ihr uns aber das Recht aufs Hungern
gebt — und ich habe gehungert —, warum verſagt ihr uns
das Recht auf Liebe, wie wir ſie haben können, und das Recht
20 auf Glück, wie wir es verſtehn?

    Schwartze. Du glaubſt wohl, mein Kind, weil du unab-
hängig und eine große Künſtlerin biſt, dich hinwegſetzen zu
dürfen über —

    Magda. Die Künſtlerin laß aus dem Spiel! Ich will
25 nichts mehr ſein als irgend eine Nähterin[5] oder Dienſtmagd,
die ſich ihr bißchen Brot und ihr bißchen Liebe notdürftig bei
fremden Leuten zuſammenſucht. — O, man weiß ja, was die
Familie mit ihrer Moral von uns verlangt... Im Stich
gelaſſen hat ſie uns, Schutz und Freuden gibt ſie uns keine,

und trotzdem sollen wir in unserer Einsamkeit nach den Ge-
setzen leben, die nur für sie Sinn haben... Wir sollen still in
den Winkeln hocken und da hübsch sittsam[1] warten, bis irgend
ein braver Freiersmann daherkommt... Ja, bis! Und derweilen verzehrt uns der Kampf ums Dasein Seele und Leib. 5
— Vor uns liegt nichts wie Verwelken und Verbittern,[2] und
wir sollen nicht einmal wagen dürfen, das, was wir noch haben
an Jugend und überquellender Kraft — — Knebelt uns
meinetwegen,[3] verdummt uns, sperrt uns in Nonnenklöster
— und das wäre vielleicht noch das beste! — Aber wenn ihr 10
uns die Freiheit gebt, so wundert euch nicht, wenn wir uns
ihrer bedienen.

Schwartze. Ah, das ist er! Das ist der Geist der Empörung,
der jetzt durch die Welt geht! Mein Kind — mein liebes Kind,
sag mir, daß das nicht dein Ernst war — daß du, daß du — 15
erbarm dich — wenn (nach dem Pistolenkasten schielend). Ich weiß
nicht, was sonst geschieht... Kind! Erbarm dich meiner!

Magda. Vater, Vater, sei still, das ertrag' ich nicht.

Schwartze. Ich tu's auch nicht... Ich kann's auch nicht...
(Nach dem Pistolenkasten hin.) Tu das weg! tu das weg! 20

Magda. Was, Vater?

Schwartze. Nichts, nichts, nichts. — Ich frag' dich zum
letztenmale —

Magda. Also du bestehst darauf!

Schwartze. Mein Kind, ich warn' dich! Du weißt, daß ich 25
nicht anders kann.

Magda. Ja, Vater, du läßt mir keine Wahl. Gut denn...
Und weißt du, ob du mich jenem Manne noch auf den Hals
laden darfst?[4]... (Schwartze horcht auf.) Ob ich nach eurer Auf-

faffung feiner überhaupt noch würdig bin? (Bitzernd, in die Weite ftarrend.) Ich meine, ob er in meinem Leben der Einzige war?

Schwartze (taftet nach dem Kaften und zieht eine Piftole hervor). **Du Dirne!** (Er macht etliche Schritte auf fie zu, indem er verfucht, die Waffe gegen fie

5 zu erheben. In demfelben Augenblicke noch fällt er jäh in den Seffel zurück, wo er regungslos mit ftarrem Auge fitzen bleibt, die Piftole in der herabhängenden Hand haltend.)

Magda (fchreit gellend auf). **Vater!** (und flieht gegen den Ofen, um fich vor der Waffe zu fchützen, dann geht fie, die Hände vors Geficht fchlagend, etliche Schritte

10 weit auf und nieder) **Vater!** (und finkt mit dem Knie auf einen Seffel, das Geficht an der Lehne verbergend).

(Draußen Rufe und Poltern. Die Tür wird erbrochen.)

Dreizehnte Szene.

Die Vorigen. Der Pfarrer. Max. Frau Schwartze. Marie.

Frau Schwartze. Leopold, was haft du? — Leopold! (Zum Pfarrer.) Jefus, er ift wie damals!

15 **Marie.** Lieber Papa, fprich ein Wort! (Wirft fich rechts von ihm nieder.)

Pfarrer. Laufen Sie zum Arzte, Max.

Max. Ift es ein Anfall?[1]

Pfarrer. Es fcheint! —

(Max ab.)

20 **Pfarrer** (leifer zu Magda). Kommen Sie zu ihm! (Da fie zögert.) Kommen Sie. Es fcheint zu Ende. (Führt fie, die fchmerzvoll aufzuckt,[2] zum Stuhle Schwartzes.)

Frau Schwartze (die verfucht hat, die Piftole zu löfen). Laß los, Leopoldchen! Was willft du damit? — Sehn Sie nur, da hält er

25 die Piftole und läßt fie nicht los.

Pfarrer (leife). Es ist wohl der Krampf. Er kann nicht … Mein lieber alter Freund, verstehn Sie, was ich zu Ihnen spreche?

Schwartze (neigt ein wenig den Kopf).

Magda (sinkt zu seiner linken Seite nieder).   5

Pfarrer. Gott, der Allbarmherzige, hat Ihnen von oben zugerufen: du sollst nicht richten … Haben Sie kein Zeichen der Vergebung für sie?

Schwartze (schüttelt langsam den Kopf).

Marie (neben Magda niederfinkend). Papa, gib ihr deinen Segen, 10 lieber Papa!

Schwartzes (Gesicht überzieht ein verklärendes Lächeln. Die Pistole entfällt seinen Fingern. Er erhebt mühsam die Hand, sie auf Mariens Haupt zu legen. Mitten in dieser Bewegung geht durch seinen Körper ein Ruck … Sein Arm fällt zurück. Sein Kopf sinkt nach vorne über). 15

Frau Schwartze (auffchreiend). Leopold!

Pfarrer (ihre Hand erfassend). Er ist heimgegangen … (Er faltet die Hände. Stilles Gebet, unterbrochen von dem Schluchzen der Frauen.)

Magda (auffpringend und in Berzweiflung die Hände emporstreckend). Ach, wär' ich nie gekommen! 20

Pfarrer (macht eine abwehrende Bewegung,[1] die ihr Stille gebietet).

Magda (diese Bewegung mißverstehend). Ihr jagt mich wohl schon hinaus? … Ich hab' ihn in den Tod getrieben — ich werd' ihn doch wohl auch begraben dürfen?

Pfarrer (einfach und friedlich). Es wird Ihnen niemand ver= 25 wehren, an seinem Sarge zu beten!

(Der Vorhang fällt langsam.)

NOTES

Page 2. — 1. Oberſtlieutenant a. D. (= außer Dienſt), *Lieutenant-Colonel retired.*

2. geb. = geborene, *née* (her maiden name was).

3. Generalmajor a. D., *Major-General retired.*

4. Frau Landgerichtsdirektor, *wife of the presiding judge of a provincial court.* A lady receives her husband's title. Do not translate into English. Simply use the German.

5. Provinzialhauptſtadt, *the principal city of a province.*

Page 8. — 1. Glasſchiebethür, *sliding glass-door.*

2. abgeſchrägt, lit., "sloped off;" trans., *hexagonal.*

3. weißverhangenes, *with white curtains.*

4. Zylinderbureau (pron. büro'), *roll-top desk.*

5. Makartbouquet, a bunch of dried or artificial flowers or grasses, named after Hans Makart (1840–1884), a very popular and noted Austrian historical and figure painter. He was very fond of putting dried flowers and grasses in his paintings.

6. Pfeifenſchränkchen, *case for tobacco-pipes.*

7. Gnädiges Fräuleinchen, German has a number of forms of address which have no parallels in English and which must often be left untranslated; one may say: *Miss Marie,* or better use the German expression as it is.

8. Was gibt's? *What is it?*

9. alten Herrſchaften, servants refer collectively to the members of the family they serve as die Herrſchaften; here the parents of Marie are indicated; *the old people* (respectfully).

Page 4. — 1. luden for guden = ſehen. — mal, *just.*

2. O Gott! *Goodness! Good heavens!* Such expressions are frequent in German without conveying irreverence.

111

3. **von wegen bie,** notice the grammatical mistakes the servant-girl makes; the preposition requires the genitive case.

4. **eine gottgefegnete Bracht,** lit., "a blessed splendor," has no real equivalent in English, perhaps *perfectly splendid* may serve.

5. **fone,** dial. for folchen.

6. **Tannenfirlanden** (dial. for Guirlanden), *fir garlands.*

7. **man,** provinc. for nur. — **aus bie Fenfter** for aus ben Fenftern.

8. **Doller** for toller; trans., *more extravagant.*

9. **wegen bas,** cf. page 4, note 3.

10. **nu** for nun.

11. **brinne** for brinnen; i.e. inside, *here.*

Page 5. — 1. **Sie haben ba nette Gefchichten gemacht,** *you've been up to fine doings;* ba, i.e. pointing to the flowers.

2. **Müllgrube,** *dust hole, rubbish heap.*

3. **Es ift boch Zimmermann?** supply; ber fie gefchickt hat, or trans.: *they are from Zimmermann's, are they not?* — **Man möchte,** *ask them to be so good as to.*

4. **ben Kaffee aufgebrüht,** *made the coffee,* (poured boiling water on the ground coffee).

5. **einen Schimmer von Berechtigung,** *the faintest semblance of an excuse.*

Page 6. — 1. **bem ging's fchlecht,** *he would fare badly.*

2. **wir haben Rückfichten zu nehmen,** *we must be considerate* (consider proprieties).

3. **mein Gott,** *Dear me!* or *Good heavens!*

→ 4. **Kaution** (pron. ziön), *security, bond* (to secure an income).

5. **Gefchehn,** elliptical for es ift gefchehen; *I have done so.*

6. **um Gottes willen,** *for heaven's sake.*

Page 7. — 1. **Der geht ja mit ben Menfchenherzen um,** *he deals with the human heart, as if;* the completed sentence would make the meaning: he thoroughly understands the human heart.

2. **Miffions** = (Mifflonsanftalten), *missions, missionary organizations;* he corrects himself and says "in our organizations (of a religious or philanthropic nature) in general."

3. **Machen Sie bie Honneurs fo lange,** (pron. honōrs') *in the meanwhile you do the honors.*

Page 8. — 1. **Mein Gott,** cf. page 4, note 2.

2. **vorlieb** = fürlieb; **mit jemanb vorlieb nehmen** = *be content with; put up with.*

3. **mein Berehrtefter,** lit., "my most respected sir;" trans., *my dear fellow.*

4. **gutes Reft,** *good little town.*

5. **ift . . . außer Ranb unb Banb geraten,** *has become greatly excited; has put aside all restraint.*

6. **es läge in ber Welt,** *as if it were a part of the* (fashionable) *world.*

7. **braußen,** i.e. out in the world, away from home.

8. **auf Rommifforien rumgefchidt,** (rum for herum), *being sent about to commissioners,* i.e. Prüfungskommiffäre for the "state examinations." — 9. **Ra,** *well.*

10. **heimifchen Rünftlern,** i.e. local tailors.

11. **bauen,** provinc. and humorous for machen.

12. **fämtliche Rehrüden,** *all the venison dinners* (lit. deer rump).

Page 9. — 1. **wenn man ins Ronfiftorium übergeht,** *if one becomes a member of the consistory* (ecclesiastical courts).

2. **um Fühlung mit bem geiftlichen Stanbe zu gewinnen,** *to get into touch with the clergy.*

3. **bazu Stellung genommen,** *shown my attitude.*

Page 10. — 1. **Ich fühle mich mit biefem Haufe folibarifch,** *I feel as if I were a member of this family.*

2. **heimatliches Geficht,** fam. *home face.*

3. **Ra,** cf. page 8, note 9.

4. **bas ftimmt wohl nicht ganz,** *that is not quite exact.*

5. **So ungefähr,** *something of that sort.* — **bu parierft Orbre,** military, *you obey.*

Page 11. — 1. **Gott — e!,** *Dear me!* the e is merely a drawling tone.

2. **z. B.** = zum Beifpiel, *for instance.*

3. **Freiplatz,** lit., "free seat;" *pass,* (complimentary season ticket).

4. **rein nichts,** *absolutely nothing.*

5. **beileibe nichts,** *not for anything in the world.*

6. **Patti,** i.e. Adelina Patti, a famous opera singer of Italian

parentage, born in Madrid, Feb. 19th, 1843. — **Sembrich,** Marcella
Sembrich, a famous Polish operatic soprano, born in Galicia, Feb.
15th, 1858.

7. **bleiben bei,** *not to go beyond.*

8. **Bitte doch,** *pray* or *please;* **doch** has no translatable force.

Page 12. — 1. **wenn nicht . . . rege gewesen wäre,** *if I had not
been prompted by an ardent desire.*

2. **bildet,** here equivalent to **ist.**

3. **doch,** here, *I suppose.*

4. **Man sieht es ihm wirklich nicht an,** *one really wouldn't realize
it* (that he is a man of influence) *in seeing him.*

5. **es,** i.e. **belehrt,** but omit in translating.

6. **Schließlich liegt es ja auch nah,** *after all one can readily understand.*

7. **groß gedacht,** *a noble thought.*

Page 13. — 1. **ein Kerl!** *considerable of a fellow.*

2. **vor mir,** *at the thought of me.*

3. **zu Befehl,** military, here, *indeed they do* (tremble).

4. **brach gelegt,** *checked, inactive;* the reference is to his being
retired from service.

5. **viel,** *of much account.*

6. **meine Gnädigste!** *Madam!*

7. **Ne, ne,** dial. for **nein, nein.**

8. **die frißt uns ratzenkahl,** *it devours us completely;* **ratzenkahl,** a
corrupt humorous form from **rabikal = radical.**

Page 14. — 1. **Kinderheilstätten,** i.e. **Heilanstalten für Kinder =**
children's sanatoriums.

2. **wenn's an uns läge,** *if it is* (were) *within our power* (if it lies
with us).

3. **doppelt geboten,** *doubly imperative.*

4. **die nötige Fühlung,** cf. page 9, note 2.

Page 15. — 1. **Heimstätten,** *homes.*

2. **da schert man sich den Teufel um . . . ,** *there one cares deuced
little for . . .*

3. **wie in Ergriffenheit,** *as if deeply moved.*

4. **gut aufgehoben?** *well taken care of* (in good hands)?

Page 16. — 1. ließe sich = könnte man; observe the tense.

2. zu Befehl, *at your command;* cf. page 13, note 3.

Page 17. — 1. Preferen'ceparti'e (pron. preſera[n]ce), *card party* (of three).

2. Rehkeule, *leg of venison.*

3. verwahren, *make sufficient provision.*

4. Es tut dir keiner was, *no one is going to hurt you.* The subject here is keiner, es being merely expletive.

5. Ich freß euch aus der Hand vor lauter Gutſein, i.e. he is so gentle that he eats out of their hands, like an animal that has been tamed.

Page 18. — 1. alles klar zum Gefecht? *everything ready for the fray?* (i.e. playing cards). Notice the military language.

2. Rücken Sie (da) noch ein Klötzchen unter . . . *Put a small block under the table* (leg of the table).

3. Wir waren nämlich mitten in den Mufikfeſttrubel reingeraten! *You see we got caught in the music festival turmoil.*

4. Da . . . alſo, *as it was,* or *well then.*

5. Deutſchen Hauſe, name of the local hotel.

6. Sie mauſchen ja heute nur ſo in Barbarei, *you are fairly making a mess of strong (barbarous) expressions today.*

7. Wir ziehen uns eine Rüge zu, *we are being reprimanded.*

8. da draußen, i.e. out of the province; in the big cities.

Page 19. — 1. halten ſich ſo — nen — ſone Sachen vom Halſe, *keep off such baggage;* ſone, dial. and colloq. for ſolche (ſo eine).

2. Soireen, (pron. ßoa⸗), *evening parties,* (Fr., *soirée*).

3. is for iſt.

4. und reckt ſich den Hals aus? *craning his neck?*

5. Ne for nein. —doll, cf. page 4, note 8.

6. ſo'n = ſo ein. —überhaupt, *anyway.*

7. Kriegerverein, *veteran's club.*

8. geben, *deal* (cards).

9. Königgrätz, in the battle of Königgrätz (July 3, 1866) the Austrians were defeated by the Prussians. It has been said that it was the schoolmasters of Prussia (i.e. the results of education), that won the battle.

Page 20. — 1. **die sich die Drückeberger zurecht gemacht haben,** *which was gotten up by the shirkers of work.*

2. **Passe!** *pass* (at cards).

3. **Neun Pique,** *nine in spades.* **Pique** (Fr.) = spade.

4. **nu** = nun.

5. **Echauffement** (Fr., pron. eſhoſma), *over excitement.*

6. **sich vorläufig nicht zu stören,** *do not let me disturb you for the present.*

7. **Hurrje,** a euphemistic oath used like our exclamation, *Hello!*

8. **Nanu,** familiar, *there now, well.* — **Pfarrerchen,** the diminutive is perhaps best rendered by: *good pastor.* Compare such expressions as **Papachen, Mutterchen.**

Page 21. — 1. **Gehört die denn auch dazu,** *is my sister-in-law also concerned in it.*

2. **Famos',** *excellent.*

3. **Schulmeisterlein kleines,** lit., "little schoolmaster;" notice the adjective following the noun, making the address here more emphatic; jocosely, *my dear little schoolmaster.*

4. **nehmen Sie die Tête** (Fr., "head"), *you take the lead* (i.e. in showing us the way).

5. **man,** cf. page 4, note 7

Page 22. — 1. **Brabantern,** supply **Spitzen,** i.e. *Brabant lace.*

Page 23. — 1. **drückend voll,** *jammed full; packed.*

2. **Exzellenz,** *His Excellency,* i.e. the **Oberpräsident** of the city.

3. **Cercle,** French, *circle, assembly* (formerly the queen's drawing room or court).

4. **genau wie bei Ihrer Majestät,** *exactly as in the case of her majesty.*

5. **Ich denk' noch,** *I was still wondering.*

6. **Fürstlichkeit,** *royal personage.*

7. **da hat man's,** lit., "there one has it;" trans., *it's just as I say.*

Page 24. — 1. **Ihre innerste Meinung,** "your inmost belief;" *what you really believe in your heart of hearts.*

2. **Kröte,** lit., "toad;" trans., *wretch.* — **d. h.** = **das heißt** = *i.e.*

3. **weiter nichts,** *nothing else.*

Page 26. — 1. eine Probe ... erhalten, cf. page 10, line 21.

2. große, dunkle for großen, dunklen.

3. soll sehr was Feines und Fremdländisches an sich gehabt haben, *there was something very aristocratic and foreign about her.*

4. Ganz frisch weg! *right off, briskly.*

Page 27. — 1. meinen, *thinks best;* the plural of respect.

2. rauflomme for herauflomme, use past tense, *came back.*

3. um die Schummerstunde, familiar for Dämmerstunde, *in the dusk (of the evening).* — Etwipage for "Equipage" (pron. etwipä́ʒhe) = *carriage.*

4. unsere for unserer.

5. fragen, supply um zu before the verb.

Page 29. — 1. der Gang, "the walk;" i.e. the errand.

2. ich hab' so die Idee, *I can't help thinking.*

3. ihn immerzu im Munde zu führen, *to speak of it constantly.*

Page 30. — 1. Was hat sie bloß immer zu kucken? *What is she looking at so constantly?* This is merely an "aside" of the servant's, and not an inquiry; kucken for gucken (i.e. here, aus dem Fenster sehen).

2. decken, *lay the table.*

3. halber acht for halbacht.

4. aus, *over.*

5. Können könnt' ich wohl, "I *could*, no doubt."

6. stockduster, familiar and dialect for stockfinster, *pitch dark.*

Page 31. — 1. sitzt das so? *is it on straight?*

2. Umgang, *company; acquaintance.*

Page 32. — 1. schön böse, *pretty angry; very angry.*

2. eingereukt, lit., "set" (of a limb); trans., *smoothed over.*

3. Gänge zu gehen, *to run errands.*

4. Aschenbrödel, *Cinderella* (domestic drudge).

5. Aber wenn es heißt, zur Familie zu gehören, *but when it comes to being one of the family.*

Page 33. — 1. die Kaution zu zahlen, cf. page 6, note 4.

2. können for kann; notice the plural of courtesy.

3. Ich hab' solche Bange, *I feel so uneasy.*

Page 84. — 1. **bu Ding,** *you silly girl.*
2. **rein** for **herein.**

Page 85. — 1. **Möcht' boch ber Wagen bloß nicht!** supply **wegfahren** or **vorüberfahren,** i.e. *I only hope the carriage will not drive
past* (the house).
2. **Schlag,** *carriage door.*
3. **nu,** cf. page 4, note 10.
4. **von allein — nu,** *of his own accord,* i.e. without receiving en-
couragement from her to discuss the past and his attitude.
5. **vor ihr bestehen,** *appear (come off with credit) in her presence*
(i.e. compared with her).
6. **Mieze** for Marie (Molly).

Page 86. — 1. **Milchglas,** *alabaster glass.*
2. **senza complimenti,** Italian, *without ceremony.*
3. **Lady,** name of a dog.

Page 87. — 1. **steckt** = **ist.**
2. **povera bestia,** Italian, *poor animal.*
3. **mammina,** Italian, *(dear) mother.*
4. **bie Kleibete bich nicht,** *that was not becoming to you.*
5. **wiberborstiges kleines Vieh,** *crossgrained little creature.*
6. **bu standst auch beinen Mann,** *you held your own against anyone.*
7. **Tiens, tiens,** (Fr., pron. *tiẽ*), *well now! here!*
8. **flott,** *gaily.*

Page 88. — 1. **in Bausch und Bogen?** an alliterative colloquial
expression, freely, *in the lump* (all in all, from top to bottom)?
2. **Meglio tacere!** Italian, *better keep silent!*
3. **bie ihr ins Wort fällt,** *interrupting her.*
4. **Sie hat ein Auftreten!** Ironical. *Has n't she fine manners!*
5. **Das ist alles so über mich gekommen,** *that all came so sudden.*
6. **Kleiberwinkel,** *wardrobe.*

Page 89. — 1. **abgehetzte Magb,** *worn out drudge.*
2. **wenn ihr bie Peitsche im Nacken sitzt,** *when pressed closely* (lit.,
when the whip is at her neck).
3. **Mi** for **Mieze,** cf. page 35, note 6.
4. **ich pumpe bich mir aus für biese Nacht,** lit., "I borrow you,"
trans., *be my guest tonight.*

5. **Hofftaat,** *retinue* (household of a prince).
6. **Kammerkatze,** humorous for **Kammermädchen,** *lady's maid.*
7. **Kurier,** *courier,* i.e. advance agent.

Page 40. — 1. dame d'honneur, (Fr., pron. *dam donnör*), *lady in waiting, chaperon.*

Page 41. — 1. **unter vier Augen,** *in private (between ourselves).*
2. **gelt,** *will you not?*
3. **Es ist mir lieber,** *I prefer.*

Page 42. — 1. **ihr ins Gewissen reden,** *appeal to her conscience.*
2. **Sie stehn mir heute dafür,** *you will see to it today.*
3. **macht eine Geberde des Zweifels an sich,** *his gesture expresses doubt* (as to his ability).
4. **kurz und klein zu brechen,** *to break to pieces.*

Page 44. — 1. **Hier wär' ich verstaubt und vertrocknet,** lit., "here I would have become dusty and parched;" trans., *here I would have become mummy;* i.e. could not have satisfied my ambition.
2. **Auskosten jeder Schuld,** *enjoyment to the full of every form of guilt.*
3. **was in In-die-Höhe-kommen und Genießen heißt,** *what it means to rise, (succeed) and to enjoy life.*
4. **Leichenbittermiene,** *woe-begone look* (lit., face or expression of an inviter to a funeral).

Page 45. — 1. **so lebt man kein eigenes Leben dabei,** *the life one leads in it is not one's own — at least mine is not.*
2. **So was kenn' ich nicht,** *such a feeling is foreign to me.*
3. **Pose stehn,** *pose* (are not sincere).

Page 46. — 1. **Ausfluß,** *the emanation;* or, *inspired by.*
2. **das gibt's ja alles nicht,** *there is no such thing.*
3. **wie dem auch sei,** *be that as it may.*
4. **quittieren,** *acknowledge, end.*
5. **das wirkt ja unheimlich,** *makes one shudder.*
6. sconcertata, Italian, *embarrassed.*
7. Je ne trouve pas le mot, French, *I cannot find the proper word.*
8. **Mein Gott, was** . . . *heavens, how inquisitive.*
9. **Mailand,** *Milan,* a city in northern Italy.

Page 47. — 1. in mir zu bohren, *to work within me.*

2. weibe bich an bir! "feast on yourself;" *feast on the success you have made.*

3. was Echt's und Rechtes, *something worth while.*

4. meinetwegen, *well and good; I admit; perhaps.*

5. Riesenrespett, *awe inspired respect.*

6. allabendlich, *every evening.*

7. Ist so ein Wort wie Verzeihung überhaupt gefallen, *did any one so much as speak of forgiveness?*

8. Das fehlte noch, *not yet;* I have been spared that much as yet.

9. die alte Schachtel, *old fright* (i.e. her aunt), cf. page 37, line 28.

Page 48. — 1. ich bitte sehr, *excuse me.*

2. verlorenen, *prodigal.*

3. hören, lit., hear, trans., *know.*

4. Preferencepartie, cf. page 17, note 1.

Page 49. — 1. Frau Oberstlieutenant, do not translate.

2. Pscht! *'sh!*

3. Die ahnen ja nicht, *they have no idea.*

4. die fiebern in Angst und in Liebe, *they are in a fever of anxiety and love.*

Page 50. — 1. wäre im Sterben, notice subjunctive, *was dying* (as it was supposed).

2. aber seine Lippen, die klatschten bloß noch aufeinander und lallten, *but his lips only trembled and mumbled.*

3. sich loslöste von ihm, *renounced him.*

4. Es kam mir so in den Mund, *it slipped out.*

5. blieb nicht aus, *did not fail to follow.*

6. er will den Grund nicht wahr haben, *he does not admit the cause·* (of his discharge).

Page 51. — 1. ließ ich ihn . . . sammeln, *had him gather . . .*

2. so weit war er, *so far had it gone with him.*

3. Siechenhaus, *infirmary.*

4. in erschrockener Frage, *in a frightened inquiring way.*

Page 52. — 1. Das liegt da draußen, *that is all out there in the world,* i.e. it does not concern us.

2. **Es ist ja nichts Schlimmes dabei,** *it is no difficult matter* (no harm in it).

3. **Gut — also auch nicht,** *well, then we will not* (ask).

Page 53. — 1. **grünumschirmten,** *green-shaded.*

Page 54. — 1. **Vormittagsstimmung,** *an air of morning.*

2. **Das ist heute morgen ein Trara,** *what a fuss* (time) *we are having this morning.*

3. **Mamsell,** (for French *Mademoiselle*), *the young lady.*

4. **Toilettenessig — den gibt's gar nicht,** *toilet vinegar* (= perfume) *which we do not have at all.*

Page 55. — 1. **Schon wegen,** *and if only for the sake of.*

2. **und läßt fragen,** *to ask,* or *with the inquiry.*

3. **Dann sagen Sie nur, wir lassen schön grüßen und,** *then just convey our compliments and say* . . .

4. **Nu hör' bloß,** *just listen.*

5. **Signora,** Italian, *Lady.*—**ja schon,** *soon.*

Page 56. — 1. **Pudermäntel ganz von echten Spitzen,** |*combing*| *cloth or*)*dressing gowns all of genuine laces.*

2. **durchbrochene,** *openwork*(*ed*).

3. **Ma che cosa volete voi? Perchè non aspettate, finchè vi commando?** Italian, *What do you want? Why don't you wait until I tell* (command) *you?*

4. **no, no — è tempo!** Italian, *no, no — there is time.*

5. **Va — bruto!** Italian, *Go, you brute!*

6. **Langschläferin,** *late sleeper.*

7. **mamma mia?** Italian, *dear mother?*

Page 57. — 1. **Eine Kraft hab' ich** — *I feel so strong.*

2. **Allons cousine,** French, trans., *come on, cousin.*

3. **erl** = **erlaubst du dir.**

4. **Tablett,** *tray.*

5. **Famos',** *delicious.*

6. **Giulietta hat Wirtschaft geführt,** *Juliet has been running things.*

7. **Ein guter Skandal ist schon die halbe Morgensonne,** *a good rumpus is the best thing in the day; a good racket is half the game.*

8. **wenn sie's zu toll treibt,** *if she carries it too far.*

9. **Er macht eine Entschuldigungsvisite bei den Herrschaften des Komitees**, *he is calling on the members of the committee to make excuses.*
10. **Hilfsverein**, *aid society.*

Page 58. — 1. **Die verlangen die strengsten Rücksichten**, (demand the strictest consideration) *they have to be treated with the utmost consideration.*
2. **Frau Generalin**, *the wife of the general;* or do not translate.
3. **was wegkommt**, *something might be stolen.*
4. **sie ins Gebet nehmen**, *question her closely.* — **Da paß mal auf,** *mark my words* (just watch and see).

Page 59. — 1. **Ach du**, *oh, say.*
2. **Mach's ebenso!** *do likewise!*
3. **dergleichen (Ansichten)**, *such views.*
4. **Tenor**, notice the sarcasm of Magda.

Page 60. — 1. **Partie**, *match.*
2. **Kautionssumme**, *guaranty;* cf. page 6, note 4.
3. **Si.** C'est bête ça! French, *Yes, that is stupid.*
4. **Ach, das ist schon gar nicht mehr wahr**, i.e. it has been so long, that one might think there is nothing to it; trans., *it is an old, old story.*
5. **auf und davonzugehn**, *to run away.*
6. **ganz egal**, *no matter* (whereto).
7. **ein — Hohngelächter anzustimmen über**, *to raise a scornful laugh at.*

Page 61. — 1. **als so ein blasses, entsagendes bißchen Sterbenwollen**, *except a sort of colorless, renouncing bit of willingness-to-die.*
2. **Treib doch keinen Spott mit meinem Kummer**, *Do not ridicule my grief.*
3. **dein Erstes**, *your first born.*

Page 62. — 1. **erfüllt sich schlecht**, *will be badly kept.*
2. **es geht merkwürdig zu in mir**, *I have strange feelings.*
3. **Gemüt**, *sentiment.* — **das spukt wieder**, *is awaking again.*

Page 63. — 1. **Gartenlaube**, name of a popular German magazine.
2. **Aber das Schöne dabei ist**, *but the best of it is.*

3. **Einbrecherin,** *intruder.*

4. **Und eng ist mir — eng — eng,** *I feel oppressed and stifled.*

5. **Feigheiten zu begehn,** *to act the coward.*

6. **groß ziehe,** *cherish.*

7. **in mir steckt ein Hang zum Morden — zum Niedersingen,** freely, *I have a bent for killing, for singing down opposition.*

8. **Niedersingen — in Grund und Boden singen,** *I shall sing him down thoroughly.*

Page 64. — 1. **Si, si!** Italian, *yes indeed!*

2. **Fühlfäden,** *feelers, tendrils.*

3. **Selbsthingabe,** *self sacrifice.* — **Selbstentäußerung,** *self denial.*

4. **Mustermensch,** *model man.*

Page 66. — 1. **Ge — —** i.e. **Gewissen.** (**Ein gutes Gewissen ist ein sanftes Ruhekissen.**)

2. **Hierorts,** *here.*

3. **Dafür braucht man auch hier nichts zu verheimlichen,** *but then we have nothing to conceal here either.*

4. **wunder wie herrlich,** *strangely glorious.*

Page 67. — 1. **zieh gesegnet deines Weges,** *go with my blessing on your way.*

Page 68. — 1. **Denkt euch,** *imagine.*

2. **ob man ihnen etwas vorsetzen darf?** *shall we offer them refreshments?*

3. **Frau Landgerichtsdirektor,** cf. page 2, note 4.

4. **Belieben die Damen,** *will the ladies please* (come in).

Page 69. — 1. **eine einfache Kaufmannsfrau,** *merely the wife of a merchant.*

2. **Aplomb,** *assurance; coolness.*

3. **Den Genüssen des Musikfestes stehen wir leider fern,** *unfortunately we do not know the pleasures of the music festival.*

4. **Exzellenz,** *your excellency (ladyship).*

5. **O bitte,** *don't mention it.*

6. **das ist wohl Ansichtssache,** *that depends upon one's point of view.*

Page 70. — 1. **Comersee,** *lake of Como* (Lacus Larius) in Italy.

2. **Neapel,** *Naples,* in Italy.

3. Gefangftunbe, *singing lessons.*

4. Schaff mir biefe Weiber vom Halfe, *get rid of these women.*

5. engagiert (pron. angash.), *engaged.* — Engagement, (French, pron. *angazkmay*).

Page 71. — 1. Jeffes! euphemistic exclamation instead of "Jesus," *Goodness!*

2. ich vagabundiere, *I am a vagabond.*

3. viel for viele.

4. haben wir uns bamals nicht gebußt? *did we not address each other by "thou"?* i.e. treat each other like intimate friends?

5. Auf Wiederfehen, *farewell* (until we meet again).

6. nach ber Rangorbnung, *in the order of their rank.*

Page 72. — 1. wie vor ben Kopf geftoßen, *as if thunderstruck.*

2. ba ich Mutterftelle an ihm vertrete, *as I take his mother's place* (i.e. act as guardian).

Page 73. — 1. Kaliber, *weight.*

2. ein Kleiner Kommißlieutenant, *a young lieutenant.*

3. Zulage, *extra pay.*

4. Wenn ich meinen Zug korrekt führe, *if I have my men (squad) march correctly.*

5. Contre (= Kontertanz), *quadrille, square-dance.*

6. nämlich, *you know.*

7. Alfo heute früh, *this morning then.*

Page 74. — 1. Umftände, *ceremonies.*

2. Ich laffe bitten, *let him come.*

3. eine Leuchte, lit., "light," trans., *a pillar.*

4. Da hätt ich ja mein Gefpenft, *here is my spectre.*

Page 75. — 1. Habe ich es etwa an ber nötigen Delikateffe fehlen laffen, *have I perhaps been wanting in the necessary delicacy.*

2. man verabrebet ber Welt gegenüber ein, *that we come to an agreement, in our attitude toward the world, upon a . . .*

3. am Enbe noch, *after all.*

4. Gretchen = Marguerite; the heroine of Goethe's *Faust.*

5. bie Heimatsmoral färbt ab . . . Aber ich habe mich fchon wieder, *the morals of home cease to affect me. . . . But I am myself again.*

6. **Auch ahnte mir wohl so was,** *moreover in a way I feared something of the sort.*

Page 76. — 1. **nahe stehe,** *am in sympathy with.*

2. **Ja so!** *Indeed!*

3. **Vorzug,** *honor.*

4. **Das bringen die Dinge so mit sich,** *that is due to circumstances.*

5. **so amtswidrig,** *so incongruous with your office.*

6. **Leuchte,** cf. page 74, note 3.

7. **So hört man uns,** "then they will hear us;" *let them hear us.*

8. **aus diesem Rest heraus,** *from out this confined little town.*

9. **könnte sich darin wohl sonnen,** *would probably be satisfied with it* ("bask in it").

Page 77. — 1. **ist,** *is inclined* (**für** *toward*).

2. **an die . . . knüpfen,** freely, *to whom I am attached by such dear memories.*

3. **Sans rancune,** French, *without a grudge.*

4. **dann müßte ich jetzt das ganze Register herunterbeten,** *then I should have to tell off* (as beads of a rosary) *your entire record.*

5. **Aber wie ich die Dinge nehme,** *but as I look at things now.*

6. **nichts wie,** *only.*

7. **aufsichtslos,** *free from supervision.*

8. **der mir in die Quere gekommen wäre,** *who had happened to come into my way.*

Page 78. — 1. **Das Herz geht einem auf,** freely, *my heart leaps with joy.*

2. **Tja,** sarcastic and humorous for **ja.**

3. **gepumpte,** slang for **geliehene,** i.e. *rented* or *hired.*

4. **Zwiebelfett,** *onion gravy.*

5. **Petroleumkocher,** *oil stove.*

6. **Käthe** = *Katie.*—**Couplets,** couplet of verses or rhymes; trans., *comic songs.*

7. **Chi lo sa,** Italian, *who knows* (it).

8. **mimen sie,** *they are on the stage.*

9. **eine feine Kompanie!** *a gay set.*

10. **mein Herr Liebster,** *my lover.*

11. **ahnungslos,** *unsuspecting.*

12. **bis zum Zerreißen**, *to the point of rending it to pieces.*

13. **erst zu Vollmenschen machen**, *are needed to bring to full maturity.*

Page 79. — 1. **Tingeltangel(n)**, *music halls.*

Page 80. — 1. **so oder so**, *in any event.*

2. **man soll kommen!** *let them come!*

3. **Das ist mir ganz egal!** *I don't care a bit.*

4. **bürgerlichen Gesittung**, "culture of the middle classes," *philistine society.*

5. **Goldplunder**, *golden stuff.*

6. **mit dem Schlaf meiner Nächte**, i.e. *by spending sleepless nights.*

7. **Ton um Ton**, *note by note;* i.e. by gradually becoming known as a singer.

8. **und mich dagegen, die ich**, *and contrast you with myself, who.*

Page 81. — 1. **vors Gesicht schlagend**, *pressing to her face.*

2. **Flurtür**, *hall door.*

3. **Nann?** *well?*

Page 82. — 1. **effektiv**, *really.*

2. **wie diskreten Mann**, *upright a man as you are discreet.*

3. **Ihr jahrelanges Verhalten gegen mich**, *your attitude towards me for years.*

Page 83. — 1. **faßt sich an die Stirn**, *puts his hand to his forehead.*

2. **Ungeheuerlichkeiten**, *monstrosities; scandals.*

3. **dirigieren**, *control.*

4. **der da herumspukt**, *which haunts me.*

5. **die will ich mir nicht gleich durch so was vergällen lassen**, *I will not let it be embittered at once by anything of this sort.*

6. **Und einem alten Mann zur Beruhigung**, *and to calm an old man.*

Page 84. — 1. **für den Fall**, *in case.*

2. **ich habe die Ehre**, *good day.*

Page 86. — 1. **Jesus, mein Jesus**, *Oh heavens*, cf. page 71, note 1

2. **reinzugehn** for **herein-** (but should be **hinein-**) **zugehen**, *go in.*

Page 87. — 1. kappt die Geschichte, *cuts the affair* (the roses) *off*.
2. ba raus zu gehn! *to go away!*
3. und alles ist wieder beim alten, *and everything will be as before.*
4. bann is aus (is = ift es), *then all is over.*
5. Nicht anrühren so was, trans., *such a thing is not to be thought of* (lit., "touched on").

Page 88. — 1. kapieren, *understand, realise.*
2. was ich euch heut' an Schmerz zugefügt hab', *for the suffering that I caused you today.*

Page 89. — 1. Pfarrerchen, *my dear pastor.*
2. es muß boch etwas zu tun sein, *something, surely, can be done.*

Page 90. — 1. Das verbien' ich nicht um dich! *This I do not deserve from you!*
2. Scheitel, *head*, lit., "crown of the head."
3. was auch gewesen sein mag, *whatever may have happened.*

Page 91. — 1. wo ich geh' und steh', *wherever I am.*
2. Schächer, *sinners.*
3. mit erlebt, *lived through,* (been a witness of).

Page 92. — 1. überschaue, here, *despise, ignore.*
2. Pietät, *reverent memory.*

Page 93. — 1. wer nicht Ordnung hat . . . bessen Herz verlottert, *he whose heart is in disorder at the very outset will go to ruin.*

Page 94. — 1. gepreßt, *constrained.*
2. Es wird jetzt alles gut, *everything will come out well.*

Page 95. — 1. Du, Junge, *you see, my boy.*
2. Coeur-As, *ace of hearts.*
3. boch gleich mal, *right away.*
4. das Gesicht zum Weinen verziehend, *his face drawn as if he were about to cry.*
5. reinheiraten (hereinheiraten), *marry into.*
6. in Civil' rumlappen, *flap around in civilian clothes.*

Page 96. — 1. werfen uns aufs Güterausschlachten, *throw ourselves into selling out estates in lots.*
2. mein Jungchen, *my dear boy.*

3. Schwarzeschen Sippschaft, *Schwartze family* (lit., "kin").
4. Erst stell' ich mir den Herrn, *first I'll make the man face me.*
5. hab hübsch Geduld, *be nice and patient.*
6. Ich lasse bitten, *ask him to come in.*

Page 97. — 1. offen gebliebenen, *open.*

Page 98. — 1. wie ich mit Ihnen dran bin, *what I have to expect of you.*

2. zu einer Rede ausholend, *getting ready for a speech.*
3. der es mit seinem Leben ernst nimmt, *who takes life seriously.*
4. nicht doch, *not that.*

Page 100. — 1. Mitgiftjäger, one who is hunting for a dowry; *fortune hunter.*

2. unsere bereinstigen Beziehungen zu legitimieren, *making our former relations legitimate.*
3. feinfühlig, *delicate in our feelings; sensitive.*
4. abwehrend, *deprecatingly; expressing dissent.*
5. ich trage mich mit größeren Plänen, *I have great plans.*
6. zumal, *especially since.*

Page 101. — 1. Hemmschuh, *drag; handicap.*
2. herumvagi(eren), *lead a vagrant life.*
3. Ihre Kasse führen, *act as your cashier.* — bisherigen, *past.*

Page 102. — 1. wir werden eine Gastlichkeit im großen Stile führen, *we will entertain lavishly.*
2. streng-graziösen, *severe and gracious.*
3. die Strenggesinnten, *the severely disposed.*
4. Man schreibt einen g-beliebigen Namen ins Fremdenbuch, *one can enter any name whatever in the hotel register.*
5. das läßt sich ja wohl einrichten, *that could surely be arranged.*
6. Mio bambino! Mio pove-ro-bam-, Italian, *My baby! my poor baby!*

Page 103. — 1. Schaff mir den Menschen vom Halse, *take this man away from me.*
2. Damit seine Carriere keinen Schaden nimmt, *that his career may not be injured.*

Page 104. — 1. Jetzt bin ich wieder die Alte, *now I am myself again.*

2. keiner wie der da, *no one except the one (above)* i.e. God.

3. Es wird jetzt wohl klar werden zwischen der Heimat und mir, *matters between myself and home will now become clear,* i.e. we will come to an understanding one way or another.

4. eben, *simply.*

Page 105. — 1. muß ich doch mein Haus bestellen, *I must set my house in order.*

2. Was ist dir wohl so recht im Innersten heilig auf der Welt? *What in this world is most sacred to you?*

3. Was geht ihr mich an? *what have you (all) to do with me?*

Page 106. — 1. und mich noch verstoßen hinterher, *and later also disowned me.*

2. An wem, *against whom.*

3. schlankweg, *right off, directly.*

4. auf ihrer Hände Arbeit angewiesen, *thrown on their own resources* (on the work of their hands).

5. ich will nichts mehr sein als irgend eine Nähterin, *let me be in your eyes nothing more than some seamstress.*

Page 107. — 1. hübsch sittsam, *nice and modest.*

2. nichts wie Verwelken und Verbittern, *nothing but withering away and becoming embittered.*

3. meinetwegen, *if you will.*

4. ob du mich jenem Manne noch auf den Hals laden darfst, *whether you have the right to force me upon this man.*

Page 108. — 1. Anfall, *stroke of apoplexy.*

2. die schmerzvoll aufzuckt, *who starts up convulsively.*

Page 109. — 1. eine abwehrende Bewegung, *a restraining (disapproving) gesture.*

Death's Modern Language Series

GERMAN GRAMMARS AND READERS.

Alternative Exercises. For the *Joynes-Meissner*. 15 cts.

Ball's German Drill Book. Companion to any grammar. 80 cts.

Ball's German Grammar. 90 cts.

Boisen's German Prose Reader. 90 cts.

Deutsches Liederbuch. With music. 75 cts.

Foster's Geschichten und Märchen. For young children. 25 cts.

Fraser and Van der Smissen's German Grammar. $1.10.

French's Sight Translation; English to German. 15 cts.

German Noun Table (Perrin and Hastings). 20 cts.

Gore's German Science Reader. 75 cts.

Guerber's Märchen und Erzählungen, I. 60 cts. **II.** 65 cts.

Harris's German Composition. 50 cts.

Harris's German Lessons. 60 cts.

Hastings' Studies in German Words. $1.00.

Hatfield's Materials for German Composition. Each, 12 cts.

Heath's German Dictionary. Retail price, $1.50.

Holzwarth's Gruss aus Deutschland. 90 cts.

Horning's Materials. Based on *Der Schwiegersohn.* 5 cts.

Huss's German Reader. 70 cts.

Joynes-Meissner German Grammar. $1.15.

Joynes's Shorter German Grammar. Part I of the above. 80 cts.

Joynes's Shorter German Reader. 60 cts.

Joynes and Wesselhoeft's German Grammar. $1.15.

Krüger and Smith's Conversation Book. 25 cts.

Meissner's German Conversation. 65 cts.

Mosher and Jenney's Lern- und Lesebuch. $1.25.

Nix's Erstes deutsches Schulbuch. For primary classes. Illus. 35 cts.

Pattou's An American in Germany. A conversation book. 70 cts.

Schmidhofer's Erstes Lesebuch. 40 cts.

Schmidhofer's Zweites Lesebuch. 50 cts.

Sheldon's Short German Grammar. 60 cts.

Spanhoofd's Elementarbuch der deutschen Sprache. $1.00.

Spanhoofd's Erstes Deutsches Lesebuch. 70 cts.

Spanhoofd's Lehrbuch der deutschen Sprache. $1.00.

Stüven's Praktische Anfangsgründe. 70 cts.

Wallentin's Grundzüge der Naturlehre (Palmer). $1.00.

Wesselhoeft's Elementary German Grammar. 90 cts.

Wesselhoeft's Exercises. Conversation and composition. 50 cts.

Wesselhoeft's German Composition. 45 cts.

Death's Modern Language Series

ELEMENTARY GERMAN TEXTS. (Partial List.)

Andersen's Bilderbuch ohne Bilder (Bernhardt). Vocabulary. 30 cts.

Andersen's Märchen (Super). Vocabulary. 50 cts.

Aus der Jugendzeit (Betz). Vocabulary and exercises. 40 cts.

Baumbach's Nicotiana (Bernhardt). Vocabulary. 30 cts.

Baumbach's Waldnovellen (Bernhardt). Six stories. Vocabulary. 35 cts.

Benedix's Der Prozess (Wells). Vocabulary. 25 cts.

Benedix's Nein (Spanhoofd). Vocabulary and exercises. 25 cts.

Blüthgen's Das Peterle von Nürnberg (Bernhardt). Vocab. and exs. 35 cts.

Bolt's Peterli am Lift (Betz). Vocabulary and exercises. 40 cts.

Campe's Robinson der Jüngere (Ibershoff). Vocabulary. 40 cts.

Carmen Sylva's Aus meinem Königreich (Bernhardt). Vocabulary. 35 cts.

Die Schildbürger (Betz). Vocabulary and exercises. 35 cts.

Der Weg zum Glück (Bernhardt). Vocabulary and exercises. 40 cts.

Deutscher Humor aus vier Jahrhunderten (Betz). Vocab. and exercises. 40 cts.

Elz's Er ist nicht eifersüchtig (Wells). Vocabulary. 25 cts.

Gerstäcker's Germelshausen (Lewis). Vocabulary and exercises. 30 cts.

Goethe's Das Märchen (Eggert). Vocabulary. 30 cts.

Grimm's Märchen and Schiller's Der Taucher (Van der Smissen). 45 cts.

Hauff's Das kalte Herz (Van der Smissen). Vocab. Roman type. 40 cts.

Hauff's Der Zwerg Nase (Patzwald and Robson). Vocab. and exs. 30 cts.

Heyse's L'Arrabbiata (Deering-Bernhardt). Vocab. and exercises. 30 cts.

Heyse's Niels mit der offenen Hand (Joynes). Vocab. and exercises. 30 cts.

Hillern's Höher als die Kirche (Clary). Vocabulary and exercises. 30 cts.

Leander's Träumereien (Van der Smissen). Vocabulary. 40 cts.

Münchhausen: Reisen und Abenteuer (Schmidt). Vocabulary. 30 cts.

Rosegger's Der Lex von Gutenhag (Morgan). Vocab. and exercises. 40 cts.

Salomon's Die Geschichte einer Geige (Tombo). Vocab. and exercises. 30 cts.

Schiller's Der Neffe als Onkel (Beresford-Webb). Vocabulary. 30 cts.

Spyri's Moni der Geissbub (Guerber). Vocabulary. 30 cts.

Spyri's Rosenresli (Boll). Vocabulary. 25 cts.

Spyri's Was der Grossmutter Lehre bewirkt (Barrows). Vocab. and exs. 30 cts.

Storm's Geschichten aus der Tonne (Vogel). Vocab. and exs. 40 cts.

Storm's Immensee (Bernhardt). Vocabulary and exercises. 30 cts.

Storm's In St. Jürgen (Wright). Vocabulary and exercises. 35 cts.

Storm's Pole Poppenspäler (Bernhardt). Vocabulary. 40 cts.

Till Eulenspiegel (Betz). Vocabulary and exercises. 30 cts.

Volkmann's Kleine Geschichten (Bernhardt). Vocabulary. 30 cts.

Zschokke's Der zerbrochene Krug (Joynes). Vocabulary and exercises. 25 cts.